AF456457

LE CRIME
DE
SYLVESTRE BONNARD.

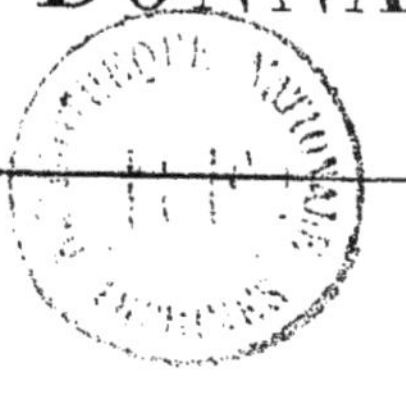

I.

LA FÉE.

Quand je descendis de voiture à la station de Melun, la nuit répandait sa paix sur la campagne silencieuse. La terre, chauffée tout le jour par un soleil pesant, exhalait une odeur forte et chaude. Au ras du sol, des parfums d'herbe traînaient lourdement. Je secouai la poussière du wagon et respirai d'une poitrine allègre. Mon sac de voyage, que ma gouvernante avait bourré de linge et de menus objets de toilette, me pesait si peu dans la main, que je l'agitai comme un écolier agile, au sortir de la classe, le paquet sanglé de ses livres rudimentaires.

Plût au ciel que je fusse encore un petit grimaud d'école! Mais il y a cinquante ans bien sonnés que feu ma bonne mère, m'ayant préparé de ses mains une tartine de raisiné, la mit dans un panier dont elle me passa l'anse au bras et me mena, ainsi muni, à la pension tenue par

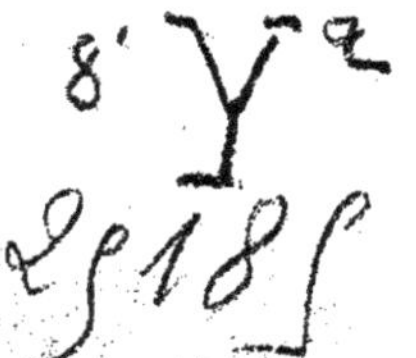

M. Douloir, entre cour et jardin, dans un angle du passage du Commerce, bien connu des moineaux. L'énorme M. Douloir nous sourit avec une grâce enjouée, et il me caressa la joue pour mieux exprimer, sans doute, la tendresse que je lui inspirais spontanément. Mais quand ma mère eut traversé la cour, au milieu des moineaux qui s'envolaient devant elle, M. Douloir ne souriait plus, il ne me témoignait plus aucune tendresse et paraissait, au contraire, me considérer comme un petit être fort incommode. Je reconnus depuis qu'il éprouvait des sentiments de cette nature à l'égard de tous ses élèves. Il nous distribuait les coups de férule avec une agilité qu'on n'eût point attendue de son épaisse corpulence. Mais sa première tendresse lui revenait chaque fois qu'il parlait à nos mères en notre présence, et alors, tout en vantant nos heureuses dispositions, il nous couvrait d'un regard affectueux. Ce fut un bien bon temps que celui que je passai sur les bancs de M. Douloir avec des petits camarades qui, comme moi, pleuraient et riaient de tout leur cœur, du matin au soir.

Après un demi-siècle, ces souvenirs remontent tout frais et clairs à la surface de mon âme, sous ce ciel étoilé, qui n'a pas changé depuis et dont les clartés immuables et sereines verront, sans faillir, bien d'autres écoliers comme j'étais, devenir des savants catarrheux et chenus comme je suis.

Étoiles, qui avez lui sur la tête légère ou pesante de tous mes ancêtres oubliés, c'est à votre clarté que je sens s'éveiller en moi un regret douloureux! Je voudrais avoir un fils qui vous voie encore quand je ne vous verrai plus. Comme je l'aimerais! Ah! il serait, ce fils, que dis-je, il aurait vingt ans, si vous l'eussiez voulu, Clémentine, vous dont les joues étaient si fraîches sous votre capote rose! Mais vous épousâtes un commis de banque, ce Noël Alexandre qui, depuis, gagna tant de millions. Je ne vous ai pas revue depuis votre mariage, Clémentine, et je vous vois toujours avec vos boucles blondes et votre capote rose.

Un miroir! un miroir! un miroir! En vérité, je serais curieux d'observer la mine que j'ai sous mes mèches blanches, en soupirant aux étoiles le nom de Clémentine. Toutefois, il ne convient pas d'achever dans une pensée de stérile ironie ce qui fut commencé avec un esprit de foi et d'amour. Clémentine, si par cette belle nuit votre nom m'est venu aux lèvres, que votre nom soit béni, et puissiez-vous, heureuse mère, heureuse aïeule, vous rassasier jusqu'au bout, au bras de votre riche époux, du bonheur que vous avez jugé, en toute liberté, ne pouvoir goûter auprès du jeune et pauvre savant qui vous aimait! Si, malgré que je ne le puisse imaginer, vos cheveux ont blanchi, Clémentine, portez dignement le trousseau de clefs que Noël Alexandre vous a confié et enseignez à vos petits-enfants les vertus domestiques!

La belle nuit! Elle règne dans une noble langueur sur les hommes et les bêtes qu'elle a déliés du joug quotidien, et j'éprouve sa bienfaisante influence, bien que, par une habitude de soixante ans, je ne sente plus les choses que par les signes qui les représentent. Il n'y a pour moi dans le monde que des mots, tant je suis philologue! Chacun fait à sa manière le rêve de la vie. J'ai fait ce rêve dans ma bibliothèque, et, quand mon heure sera venue de quitter ce monde, Dieu veuille me prendre sur mon échelle, devant mes tablettes chargées de livres!

— Eh! c'est pardieu bien lui! Bonjour, monsieur Sylvestre Bonnard. Où donc alliez-vous, battant la campagne de votre pied léger, tandis que je vous attendais devant la gare avec mon cabriolet? Vous m'aviez échappé à la sortie du train et je rentrais bredouille à Lusance. Donnez-moi votre sac et montez en voiture près de moi. Savez-vous bien qu'il y a, d'ici au château, sept bons kilomètres?

Qui me parle ainsi, à pleins poumons, du haut de son cabriolet? M. Paul de Gabry, neveu et héritier de M. Honoré de Gabry, pair de France en 1842, récemment décédé à Monaco. Et c'était précisément chez M. Paul de Gabry que je me rendais avec ma valise bouclée par ma gouvernante. Cet excellent jeune homme venait d'hériter, conjointement avec ses deux beaux-frères, des biens de son oncle qui, issu d'une très ancienne famille de robe, possédait dans son château de Lusance une bibliothèque riche en manuscrits dont quelques-uns remontent au XIVe siècle. C'était pour inventorier et cataloguer ces manuscrits que je venais à Lusance, sur la prière de M. Paul de Gabry, dont le père, galant homme et bibliophile distingué, avait entretenu avec moi, de son vivant, des relations parfaitement courtoises. A vrai dire, le fils n'a point hérité des nobles inclinations du père. M. Paul s'est adonné au sport; il est fort entendu en chevaux et en chiens, et je crois que de toutes les sciences propres à assouvir ou à tromper l'inépuisable curiosité des hommes, celles de l'écurie et du chenil sont les seules qu'il possède pleinement.

Je ne puis dire que je fus surpris de le rencontrer, puisque j'avais rendez-vous avec lui, mais j'avoue qu'entraîné par le cours naturel de mes pensées, j'avais perdu de vue le château de Lusance et ses hôtes, à ce point que l'appel d'un gentilhomme campagnard, au départ de la route qui déroulait, devant moi, comme on dit « un bon ruban de queue », me frappa tout d'abord les oreilles ainsi qu'un bruit insolite.

J'ai lieu de craindre que ma physionomie n'ait trahi ma distraction incongrue par une certaine expression de stupidité qu'elle revêt dans la plupart des transactions sociales. Ma valise prit place dans le cabriolet et je suivis ma valise. Mon hôte me plut par sa franchise et sa simplicité.

— Je n'entends rien à vos vieux parchemins, me dit-il, mais vous trouverez chez nous à qui parler. Sans compter le curé qui fait des livres et le médecin qui est fort aimable, bien que radical, vous trouverez quelqu'un qui vous tiendra tête. C'est ma femme. Elle n'est pas très instruite, mais il n'y a pas de chose, je crois, qu'elle ne devine. Je compte d'ailleurs vous garder assez longtemps pour vous faire rencontrer avec mademoiselle Jeanne, qui a des doigts de magicienne et une âme d'ange.

— Cette demoiselle, dis-je, si heureusement douée, est-elle de votre famille?

— Non pas, me répondit M. Paul.

— C'est donc une amie, répondis-je assez niaisement.

— Elle est orpheline de père et de mère, reprit M. de Gabry, le regard tendu vers les oreilles de son cheval, qui battait du sabot la route bleuie par la lune. Son père nous a fait courir une grosse aventure et nous en sommes quittes avec lui pour beaucoup plus que la peur.

Puis il secoua la tête et changea de propos. Il m'avertit de l'état d'abandon dans lequel je trouverais le parc et le château, restés absolument déserts depuis trente-deux ans.

J'appris de lui que M. Honoré de Gabry, son oncle, était, en son vivant, fort mal avec les braconniers du pays, qu'il tirait comme des lapins. Un d'eux, paysan vindicatif, qui avait reçu, en plein visage, le plomb du seigneur, le guetta un soir, derrière les arbres du mail, et le manqua de peu, car il lui brûla d'une balle le bout de l'oreille.

— Mon oncle, ajouta M. Paul, chercha à découvrir d'où venait le coup, mais il ne vit rien et regagna le château sans hâter le pas. Le lendemain, ayant fait appeler son intendant, il lui donna l'ordre de clore le manoir et le parc et de n'y laisser entrer âme qui vive. Il défendit expressément qu'on touchât à rien, qu'on entretînt ni qu'on réparât rien sur sa terre et dans ses murs jusqu'à son retour. Il ajouta entre ses dents, comme dans la chanson, qu'il reviendrait à Pâques ou à la Trinité, et, comme dans la chanson, la Trinité se passa sans qu'on le revît. Il est mort, l'an passé, à Monaco, et nous sommes entrés les premiers, mon beau-frère et moi, dans le château abandonné depuis trente-deux ans. Nous avons trouvé un marronnier au milieu du salon. Quant au parc, il faudrait, pour le visiter, qu'il y eût encore des allées.

Mon compagnon se tut et l'on n'entendait plus que le trot régulier du cheval au milieu du bruissement des insectes dans les herbes. Des deux côtés de la route les gerbes dressées dans les champs prenaient sous la clarté incertaine de la lune l'apparence de grandes femmes blanches agenouillées, et je m'abandonnais aux magnifiques enfantillages des séductions de la nuit. Ayant passé sous les épais ombrages du mail, nous tournâmes à angle droit et roulâmes sur une avenue seigneuriale au bout de laquelle le château m'apparut brusquement dans sa masse noire, avec ses tours en poivrière. Nous suivîmes une sorte de chaussée qui donnait accès à la cour d'honneur et qui, jetée sur un fossé rempli d'eau courante, remplaçait sans doute un pont-levis détruit dès longtemps. La perte de ce pont-levis fut, je pense, la première humiliation que ce manoir guerrier eut à subir avant d'être réduit à l'aspect pacifique sous lequel il me reçut. Les étoiles se reflétaient dans l'eau sombre avec une merveilleuse netteté. M. Paul me conduisit, en hôte courtois, jusqu'à ma chambre, située dans les combles, au bout d'un long corridor, et, s'excusant sur l'heure tardive de ne pas me présenter tout de suite à sa femme, me souhaita le bonsoir.

Ma chambre, peinte en blanc et tendue de perse, est empreinte des grâces galantes du XVIIIe siècle. Des cendres encore chaudes, qui me montrèrent par quels soins on avait dissipé l'humidité, emplissaient la cheminée dont la tablette supportait un buste en biscuit de la reine Marie-Antoinette. Sur le cadre blanc de la glace assombrie et tachée, deux crochets de cuivre, où s'étaient suspendues les châtelaines des dames d'autrefois, s'offraient à l'envi pour recevoir ma montre, que j'eus soin de remonter; car, contrairement aux maximes des Thélémites, j'estime que l'homme n'est maître du temps, qui est la vie même, que lorsqu'il l'a divisé en heures, en minutes et en secondes, c'est-à-dire en parcelles proportionnées à la brièveté de l'existence humaine.

Et je songeai que la vie ne nous semble courte que parce que nous la mesurons inconsidérément à nos folles espérances. Nous avons tous, comme le vieillard de la fable, une aile à ajouter à notre bâtiment. Je veux achever, avant de mourir, l'histoire des abbés de Saint-Germain-des-Prés. Le temps que Dieu accorde à chacun de nous est comme un tissu précieux que nous brodons de notre mieux. J'ai ouvré ma trame de toute sorte d'illustrations philologiques. Ainsi allaient mes pensées, et, en nouant mon foulard sur ma tête, l'idée du temps me ramena au passé, et pour la seconde fois, dans un tour de cadran, je songeai à vous, Clémentine, pour vous bénir dans votre postérité, si vous en avez une, avant de souffler ma bougie et de m'endormir au chant des grenouilles.

II.

Pendant le déjeuner, j'eus mainte occasion d'apprécier le goût, le tact et l'intelligence de madame de Gabry, qui m'apprit que le château était hanté par des fantômes et notamment par la Dame « aux trois plis dans le dos », empoisonneuse de son vivant et âme en peine désormais. Je ne puis vous dire combien elle sut donner d'esprit et de vie à cette vieille histoire de nourrice.

Le château, en forme de chariot à quatre roues, flanqué d'une tourelle à chaque angle, avait, par suite de remaniements successifs perdu tout caractère. C'était une ample et estimable bâtisse, rien de plus. Il ne me parut pas avoir éprouvé de notables dommages pendant un abandon de trente-deux années. Mais quand, conduit par madame de Gabry, j'entrai dans le grand salon du rez-de-chaussée, je vis les planchers bombés, les plinthes pourries, les boiseries fendillées, les peintures des trumeaux tournées au noir et pendant aux trois quarts hors de leurs châssis. Un marronnier, ayant soulevé les lames du parquet, avait grandi là et il tournait vers la fenêtre sans vitres les panaches de ses larges feuilles.

Bien que ce spectacle eût son charme, je ne le contemplai pas sans inquiétude, en songeant que la riche bibliothèque de M. Honoré de Gabry, installée dans une pièce voisine, était exposée depuis si longtemps à des influences délétères. Mais, en considérant le jeune marronnier du salon, je ne pus m'empêcher d'admirer la vigueur magnifique de la nature et l'irrésistible force qui pousse tout germe à se développer dans la vie. Par contre, je m'attristai à songer que l'effort que nous faisons, nous autres savants, pour retenir et conserver les choses mortes est un pénible et vain effort. Tout ce qui a vécu est l'aliment nécessaire des nouvelles existences. L'Arabe qui se bâtit une cabane avec les marbres des temples de Palmyre, est plus philosophe que tous les conservateurs des musées de Londres, de Paris et de Munich.

11 août.

Dieu soit loué! La bibliothèque, située au levant, n'a pas éprouvé d'irréparables dommages, hors la lourde rangée des vieux *Coutumiers* in-folio, que les loirs ont percée de part en part, les livres sont intacts dans leurs armoires grillées. J'ai passé toute la journée à classer des manuscrits. Le soleil entrait par les hautes fenêtres sans rideaux et j'entendais, à travers mes lectures, parfois très intéressantes, les bourdons alourdis heurter pesamment les vitres, les boiseries craquer et les mouches, ivres de lumière et de chaleur, ronfler des ailes en cercle sur ma tête. Vers trois heures, leur bourdonnement fut tel que je levai la tête de dessus un document fort précieux pour l'histoire de Melun au XIIIe siècle, et je me mis à considérer les mouvements concentriques de ces bestioles. Je dus constater que la chaleur agit sur les ailes d'une mouche tout autrement que sur le cerveau d'un archiviste paléographe, car j'éprouvais une grande difficulté à penser et une torpeur assez agréable dont je ne sortis que par un effort violent. La cloche, qui sonna le dîner, me surprit au milieu de mes travaux et je n'eus que le temps d'endosser ma houppelande neuve pour paraître décemment devant madame de Gabry.

Le repas, amplement servi, se prolongea de lui-même. J'ai un talent de dégustation qui va peut-être au-dessus du médiocre. Mon hôte, qui s'aperçut de mes connaissances, m'estima assez pour déboucher en mon honneur certaine bouteille de château-Margaux. Je bus avec respect ce vin de grande race et de noble vertu, qui vient des coteaux du Bordelais et dont on ne peut louer assez le bouquet et le feu. Cette ardente rosée se répandit dans mes veines et m'anima d'un zèle juvénile. Assis sur la terrasse, auprès de madame de Gabry, dans le crépuscule qui répandait sur les arbres du parc une mélancolie charmante et donnait aux moindres choses un air de mystère, j'eus le plaisir d'exprimer à ma spirituelle hôtesse mes impressions avec une vivacité et une abondance tout à fait remarquables chez un homme dénué, comme je le suis, de toute imagination. Je lui dépeignis spontanément, et sans m'aider d'aucun texte ancien, la mélancolie douce du soir et la beauté de cette terre natale qui nous nourrit, non seulement de pain et de vin, mais encore d'idées, de sentiments et de croyances, et qui nous recevra tous dans son sein maternel, comme des petits enfants fatigués d'un long jour.

— Monsieur, me dit cette aimable dame, vous voyez ces vieilles tours, ces arbres, ce ciel; comme les personnages des contes et des chansons populaires sont naturellement sortis de tout cela! Voici là-bas le sentier par lequel le petit Chaperon rouge alla au bois cueillir des noisettes. Ce ciel changeant et toujours à demi voilé fut sillonné par les chars des fées, et la tour du Nord a pu cacher jadis sous son toit pointu la vieille filandière dont le fuseau piqua la Belle au bois dormant.

Je songeais encore à ces gracieuses paroles, pendant que M. Paul me racontait, à travers les bouffées d'un cigare capiteux, je ne sais quel procès intenté par lui à la commune au sujet d'une prise d'eau. Madame de Gabry, sentant la fraîcheur du soir la gagner, frissonna sous le châle que son mari lui avait jeté sur les épaules, et nous quitta pour gagner sa chambre. Je résolus alors, au lieu de monter dans la mienne, de retourner dans la bibliothèque pour continuer l'examen des manuscrits. Malgré l'opposition de M. Paul, j'entrai dans ce que j'appellerai, en vieux langage, « la librairie », et je me mis au travail, à la lumière de la lampe.

J'avais sous les yeux une charte dont chacun peut apprécier l'intérêt, quand j'aurai dit que mention y est faite d'un clapier vendu à Jehan d'Estouville, prêtre, en 1312. Mais, bien que j'en sentisse alors toute l'importance, je n'y donnai pas l'attention qu'un tel document exigeait impérieusement. Mes yeux, quoi que je fisse, se tournaient vers un côté de la table qui ne présentait aucun objet important au point de vue de l'érudition. Il n'y avait à cet endroit qu'un assez gros volume allemand, relié en peau de truie, avec des clous de cuivre aux plats et d'épaisses nervures sur le dos. C'était un bel exemplaire de cette compilation recommandable seulement par les gravures sur bois dont elle est ornée et qui est si connue sous le nom de Cosmographie de Munster. Le volume, dont les plats étaient légèrement entre-bâillés, reposait sur sa tranche médiane.

Je ne saurais dire depuis combien de temps mes regards étaient attachés sans cause sur cet in-folio du XVIe siècle, quand ils furent captivés par un spectacle tellement extraordinaire qu'un homme totalement dépourvu d'imagination, comme je suis, devait lui-même en être vivement frappé.

Je vis tout à coup, sans m'être aperçu de sa venue, une petite personne assise sur le dos du livre, un genou replié et une jambe pendante, à peu près dans l'attitude que prennent sur leur cheval les amazones d'Hyde-Park ou du bois de Boulogne. Elle était si petite que son pied ballant ne descendait pas jusqu'à la table, sur laquelle s'étalait en serpentant la queue de sa robe. Mais son visage et ses formes étaient d'une femme adulte. J'ajouterai, sans crainte de me tromper, qu'elle était fort belle et de mine fière, car mes études iconographiques m'ont habitué de longue date à reconnaître la pureté d'un type et le caractère d'une physionomie. La figure de cette dame, assise si inopinément sur le dos d'une Cosmographie de Munster, exprimait une noblesse mélangée de mutinerie. Elle avait l'air d'une reine, mais d'une reine capricieuse; et je jugeai, à la seule expression de son regard, qu'elle exerçait quelque part une grande autorité avec beaucoup de fantaisie. Sa bouche était impérieuse et ironique et ses yeux bleus riaient d'une façon inquiétante sous des sourcils noirs, dont l'arc était très pur. J'ai toujours entendu dire que les sourcils noirs sont très séants aux blondes, et cette dame était très blonde. En somme, l'impression qu'elle donnait était celle de la grandeur.

Il peut sembler étrange qu'une personne haute comme une bouteille et qui aurait disparu dans la poche de ma redingote, s'il n'eût pas été irrévérencieux de l'y mettre, donnât précisément l'idée de la grandeur. Mais il y avait dans les proportions de la dame assise sur la Cosmographie de Munster une sveltesse si fière, une harmonie si majestueuse; elle gardait une attitude à la fois si aisée et si noble, qu'elle me parut bien grande. Bien que mon encrier, qu'elle considérait avec une attention moqueuse, comme si elle eût pu lire par avance tous les mots qui devaient en sortir au bout de ma plume, fût pour elle un bassin profond où elle eût noirci jusqu'à la jarretière ses bas de soie rose à coins d'or, elle était grande, vous dis-je, et imposante dans son enjouement.

Son costume, approprié à sa physionomie, était d'une extrême magnificence; il consistait en une robe de brocart d'or et d'argent et en un manteau de velours nacarat, doublé de menu vair. La coiffure était une sorte de hennin à deux cornes, que des perles d'un bel orient rendaient clair et lumineux comme le croissant de la lune. Sa petite main blanche tenait une baguette. Cette baguette attira mon attention d'une manière d'autant plus efficace que mes études archéologiques m'ont disposé à reconnaître avec quelque certitude les insignes par lesquels se distinguent les notables personnes de la légende et de l'histoire. Cette connaissance me vint en aide dans les conjectures très singulières où je me trouvais. J'examinai la baguette qui me parut taillée dans une menue branche de coudrier. C'est, me dis-je, une baguette de fée; conséquemment la dame qui la tient est une fée.

Heureux de connaître la personne à qui j'avais affaire, j'essayai de rassembler mes idées pour lui faire un compliment respectueux. J'eusse éprouvé quelque satisfaction, je le confesse, à lui parler doctement du rôle de ses pareilles, tant dans les races saxonne et germanique que dans l'occident latin. Une telle dissertation était dans ma pensée une façon ingénieuse de remercier cette dame d'être apparue à un vieil érudit, contrairement à l'usage constant de ses semblables qui ne se montrent qu'aux enfants naïfs et aux villageois incultes.

Pour être fée, on n'en est pas moins femme, me disais-je, et puisque madame Récamier, ainsi que je l'ouïs dire à J.-J. Ampère, rougissait de plaisir, quand les petits ramoneurs ouvraient de grands yeux pour la mieux voir, la dame surnaturelle qui est assise sur la Cosmographie de Munster sera sans doute flattée d'entendre un érudit la traiter doctement comme une médaille, un sceau, une fibule ou un jeton. Mais cette entreprise, qui coûtait beaucoup à ma timidité, me devint totalement impossible, quand je vis la dame de la Cosmographie tirer vivement d'une aumônière, qu'elle portait au côté, des noisettes plus petites que je n'en vis jamais, en briser les coquilles avec ses dents, et me les jeter au nez, tandis qu'elle croquait l'amande.

En une telle conjoncture, je fis ce qu'exigeait la dignité de la science, je me tus. Mais les coquilles m'ayant causé un chatouillement pénible, je portai la main à mon nez et je constatai alors, à ma grande surprise, que mes lunettes en chevauchaient l'extrémité et que je voyais la dame non à travers, mais par-dessus les verres, chose incompréhensible, puisque mes yeux, usés sur les vieux textes, ne distinguent pas sans besicles un melon d'une carafe, placés tous deux au bout de mon nez.

Ce nez, remarquable par sa masse, sa forme et sa coloration, attira légitimement l'attention de la fée, car elle saisit ma plume d'oie, qui s'élevait en panache au-dessus de l'encrier, et elle promena sur mon nez les barbes de cette plume. J'eus parfois, en compagnie, l'occasion de me prêter aux espiègleries innocentes des jeunes demoiselles qui, m'associant à leurs jeux, m'offraient leur joue à baiser à travers un dossier de chaise ou m'invitaient à éteindre une bougie qu'elles élevaient tout à coup hors de la portée de mon souffle. Mais jusque-là aucune personne du sexe ne m'avait soumis à des caprices aussi familiers que de m'agacer les narines avec les barbes de ma propre plume. Je me rappelai heureusement une maxime de feu mon grand-père, qui avait coutume de dire que tout est permis aux dames, et que tout ce qui vient d'elles est grâce et faveur. Je reçus donc comme faveur et grâce les coquilles des noisettes et les barbes de la plume, et j'essayai de sourire. Bien plus! je pris la parole :

— Madame, dis-je avec une politesse digne, vous accordez l'honneur de votre visite, non à un morveux ni à un rustre, mais bien à un bibliothécaire assez heureux pour vous connaître et qui sait que jadis vous emmêliez dans les crèches les crins de la jument, buviez le lait dans les jattes écumeuses, couliez des graines à gratter dans le dos des aïeules, faisiez pétiller l'âtre au nez des bonnes gens, et, pour tout dire, mettiez le désordre et la gaieté dans la maison. Vous pouvez vous vanter, de plus, d'avoir, le soir, dans les bois, fait les plus jolies peurs du monde aux couples attardés. Mais je vous croyais évanouie à jamais depuis trois siècles au moins. Se peut-il, madame, qu'on vous voie encore en ce temps de chemins de fer et de télégraphes? Ma concierge, qui fut nourrice en son temps, ne sait pas votre histoire, et mon petit voisin, que sa bonne mouche encore, affirme que vous n'existez point.

— Qu'en dites-vous? s'écria-t-elle d'une voix argentine, en se campant dans sa petite taille royale d'une façon tout à fait cavalière et en fouettant comme un hippogriphe le dos de la Cosmographie de Munster.

— Je ne sais, lui répondis-je en me frottant les yeux.

Cette réponse, empreinte d'un scepticisme profondément scientifique, fit sur mon interlocutrice le plus déplorable effet.

— Monsieur Sylvestre Bonnard, me dit-elle, vous n'êtes qu'un cuistre. Je m'en étais toujours doutée. Le plus petit des marmots me connaît mieux que tous les gens à lunettes de vos Instituts et de vos Académies. Savoir n'est rien, imaginer est tout. Rien n'existe que ce qu'on imagine. Je suis imaginaire.. C'est exister cela, je pense! On me rêve et je parais! Tout n'est que rêve, et, puisque personne ne rêve de vous, Sylvestre Bonnard, c'est vous qui n'existez pas. Je charme le monde; je suis partout, sur un rayon de lune, dans le frisson d'une source cachée, dans le feuillage mouvant qui chante, dans les blanches vapeurs qui montent, chaque matin, du creux des prairies, au milieu des bruyères roses, partout! On me voit, on m'aime. On soupire, on frissonne sur la trace légère de mes pas qui font chanter les feuilles mortes. Je fais sourire les petits enfants, je donne de l'esprit aux plus épaisses nourrices. Penchée sur les berceaux, je lutine, je console et j'endors, et vous doutez que j'existe! Sylvestre Bonnard, votre chaude douillette recouvre le cuir d'un âne.

Elle se tut; l'indignation gonflait ses fines narines et, tandis que j'admirais, malgré mon dépit, la colère héroïque de cette petite personne, elle promena ma plume dans l'encrier comme un aviron dans un lac, et me la jeta au nez le bec en avant.

Je me frottai le visage que je sentis tout mouillé d'encre. Elle avait disparu. Ma lampe s'était éteinte; un rayon de lune traversait la vitre et descendait sur la Cosmographie de Munster. Un vent frais, qui s'était élevé sans que je m'en aperçusse, faisait voler plumes, papiers et pains à cacheter. Ma table était toute tachée d'encre. J'avais laissé ma fenêtre entr'ouverte pendant l'orage. Quelle imprudence!

III.

J'ai écrit à ma gouvernante, comme je m'y étais engagé, que j'étais sain et sauf. Mais je me suis bien gardé de lui dire que j'eus un rhume de cerveau pour m'être endormi le soir, dans la bibliothèque, pendant que la fenêtre était ouverte, car l'excellente femme ne m'eût pas plus ménagé les remontrances que les parlements aux rois. « A votre âge, monsieur, m'eût-elle dit, être si peu raisonnable! » Elle est assez simple pour croire que la raison s'augmente avec les années. Je lui semble une exception à cet égard.

N'ayant pas les mêmes motifs de taire mon aventure à madame de Gabry, je lui contai tout au long ma rêverie, à laquelle elle prit un grand plaisir.

— Votre vision, me dit-elle, est charmante, et il faut bien de l'esprit pour en avoir de pareilles.

— C'est donc, lui répondis-je, que j'ai de l'esprit quand je dors.

— Quand vous rêvez, reprit-elle; et vous rêvez toujours!

Je sais bien qu'en parlant ainsi, madame de Gabry n'avait pas d'autre idée que de me faire plaisir, mais cette seule pensée mérite toute ma reconnaissance, et c'est dans un esprit de gratitude et de douce remembrance, que je la note en ce cahier que je relirai jusqu'à ma mort et qui ne sera lu par personne autre que moi.

J'employai les jours qui suivirent à achever l'inventaire des manuscrits de la bibliothèque de Lusance. Quelques mots confidentiels qui échappèrent à M. Paul de Gabry me causèrent une surprise pénible et me déterminèrent à conduire mon travail autrement que je ne l'avais commencé. J'appris par ces quelques mots que la fortune de M. de Gabry, mal gérée depuis longtemps et emportée en grande partie par la faillite d'un banquier dont j'ignore le nom, n'était transmise aux héritiers de l'ancien pair de France que sous la forme d'immeubles hypothéqués et de créances irrécouvrables.

M. Paul, d'accord avec ses cohéritiers, était décidé à vendre la bibliothèque, et je dus rechercher les moyens d'opérer cette vente le plus avantageusement possible. Mais, étranger comme je le suis à tout négoce et trafic, je résolus de prendre conseil d'un libraire de mes amis. Je lui écrivis de me venir trouver à Lusance et, en attendant sa venue, je pris ma canne et mon chapeau et m'en allai visiter les églises du diocèse, dont quelques-unes renferment des inscriptions funéraires qui n'ont pas encore été relevées correctement.

Je quittai donc mes hôtes et partis en pèlerinage. Explorant tout le jour les églises et les cimetières, visitant les curés et les tabellions de village, soupant à l'auberge avec les colporteurs et les marchands de bestiaux, couchant dans des draps parfumés de lavande, je goûtai pendant une semaine entière un plaisir calme et profond à voir, tout en songeant aux morts, les vivants accomplir leur travail quotidien. Je ne fis, en ce qui concerne l'objet de mes recherches, que des découvertes médiocres, qui me causèrent une joie modérée et par cela même salubre et nullement fatigante. Je relevai quelques épitaphes intéressantes et j'ajoutai à ce petit trésor plusieurs recettes de cuisine rustique dont un bon curé voulut bien me faire part.

Ainsi enrichi, je retournai à Lusance et je traversai la cour d'honneur avec l'intime satisfaction d'un bourgeois qui rentre chez lui. C'est là un effet de la bonté de mes hôtes, et l'impression que je ressentis alors sur leur seuil prouve mieux que tous les raisonnements l'excellence de leur hospitalité.

J'entrai jusque dans le grand salon sans rencontrer personne, et le jeune marronnier qui étendait là ses grandes feuilles me fit l'effet d'un ami. Mais ce que je vis ensuite sur la console me causa une telle surprise que je rajustai à deux mains mes besicles sur mon nez et que je me tâtai pour me redonner une notion au moins superficielle de ma propre existence. Il me vint à l'esprit, en une seconde, une vingtaine d'idées dont la plus soutenable fut que j'étais devenu fou. Il me semblait impossible que ce que je voyais existât, et il m'était impossible de ne pas le voir comme une chose existante. Ce qui causait ma surprise reposait, comme j'ai dit, sur la console que surmontait une glace plombée et piquée.

Je m'aperçus dans cette glace et je puis dire que j'ai vu une fois en ma vie l'image accomplie de la stupéfaction. Mais je me donnai raison à moi-même et je m'approuvai d'être stupéfait d'une chose stupéfiante.

L'objet, que j'examinais avec un étonnement que la réflexion ne diminuait pas, s'imposait à mon examen dans une entière immobilité. La persistance et la fixité du phénomène excluaient toute idée d'hallucination. Je suis totalement exempt des affections nerveuses qui perturbent le sens de la vue. La cause en est généralement due à des désordres stomacaux, et je suis pourvu, Dieu merci, d'un excellent estomac. D'ailleurs, les illusions de la vue sont accompagnées de circonstances particulières et anormales qui frappent les hallucinés eux-mêmes et leur inspirent une sorte d'effroi. Or, je n'éprouvais rien de semblable et l'objet que je voyais, bien qu'impossible en soi, m'apparaissait dans toutes les conditions de la réalité naturelle. Je remarquais qu'il avait trois dimensions et des couleurs et qu'il portait ombre. Ah! si je l'examinais! Les larmes m'en vinrent aux yeux, et je dus essuyer les verres de mes lunettes.

Enfin il fallut me rendre à l'évidence et constater que j'avais, devant les yeux, la fée, la fée que j'avais rêvée l'autre soir dans la bibliothèque. C'était elle, c'était elle, vous dis-je! Elle avait encore son air de reine enfantine, son attitude souple et fière; elle tenait dans la main sa baguette de coudrier; elle portait le hennin à deux cornes et la queue de la robe de brocart serpentait autour de ses petits pieds. Même visage, même taille. C'est bien elle, et, pour qu'on ne s'y trompât pas, elle était assise sur le dos d'un vieux et gros bouquin tout semblable à la Cosmographie de Munster. Son immobilité me rassurait à demi et je craignis en vérité qu'elle ne tirât encore des noisettes de son aumônière pour m'en jeter les coquilles au visage.

Je restais là, bras ballants et bouche béante, quand la voix musicale et riante de madame de Gabry résonna à mon oreille.

— Vous examinez votre fée, monsieur Bonnard, me dit mon hôtesse; eh bien! la trouvez-vous ressemblante?

Cela fut dit vite; mais, en l'entendant, j'eus le temps de reconnaître que ma fée était une statuette modelée en cires colorées, avec beaucoup de goût et de sentiment, par une main novice. Le phénomène, ainsi réduit à une interprétation rationnelle, ne laissait pas de me surprendre encore. Comment et par qui la dame de la Cosmographie était-elle parvenue à une existence plastique? C'est ce qu'il me tardait d'apprendre.

Me tournant vers madame de Gabry, je m'aperçus qu'elle n'était pas seule. Une jeune fille vêtue de noir se tenait près d'elle. Elle avait de grands yeux intelligents, d'un gris aussi doux que le ciel de l'Ile-de-France, et d'une expression à la fois naïve et puissante. Au bout de ses bras un peu grêles se tourmentaient deux mains déliées, mais rouges, comme il convient à des mains de jeune fille. Prise dans sa robe de mérinos, elle était tout d'un jet comme un jeune arbre, et sa grande bouche annonçait la franchise. Je ne puis dire combien cette enfant me plut tout d'abord. Elle n'était pas belle, mais les trois fossettes de ses joues et de son menton riaient, et toute sa personne, qui gardait la gaucherie de l'innocence, avait je ne sais quoi de brave et de bon.

Mes regards allaient de la statuette à la fillette et je vis celle-ci rougir, mais franchement, largement, à flot.

— Eh bien, me dit mon hôtesse, qui, accoutumée à mes distractions, me faisait volontiers deux fois la même question, est-ce bien là la dame qui, pour vous voir, entra par la fenêtre que vous aviez laissée ouverte? Elle fut bien effrontée, mais vous bien imprudent. Enfin la reconnaissez-vous?

— C'est elle, répondis-je, et je la revois sur cette console telle que je la vis sur la table de la bibliothèque.

— S'il en est ainsi, répondit madame de Gabry, prenez-vous-en de cette ressemblance à vous d'abord qui, pour un homme dénué de toute imagination, comme vous dites être, savez peindre vos songes sous de vives couleurs. à moi ensuite qui retins et sus redire fidèlement votre rêve, et enfin et surtout à mademoiselle Jeanne, que je vous présente, et qui a, sur mes indications précises, modelé la cire que vous voyez là.

Madame de Gabry avait pris, en parlant, la main de la jeune fille, mais celle-ci s'était dégagée et fuyait déjà dans le parc d'un pas léger comme un vol.

— Petite folle! lui cria madame de Gabry. Peut-on être sauvage à ce point! Venez qu'on vous gronde et qu'on vous embrasse!

Mais rien ne fit, et l'effarouchée disparut dans le feuillage. Madame de Gabry s'assit dans le seul fauteuil qui restât au salon délabré.

— Je serais bien surprise, me dit-elle, si mon mari ne vous avait pas déjà parlé de Jeanne. Nous l'aimons beaucoup, et c'est une bonne enfant. Dites vrai, comment trouvez-vous sa statuette?

Je répondis que c'était un ouvrage plein d'esprit et de goût, mais qu'il manquait à l'auteur l'étude et la pratique; qu'au reste j'étais touché au possible de ce que de jeunes doigts eussent brodé de la sorte sur le canevas d'un bonhomme, et figuré d'une façon si brillante les songeries d'un vieux radoteur.

— Si je vous demande ainsi votre avis, reprit gravement madame de Gabry, c'est que Jeanne est une pauvre orpheline. Croyez-vous qu'elle puisse gagner sa vie à faire des statuettes comme celle-ci?

— Pour cela, non! répondis-je; et il n'y a pas trop à le regretter. Cette demoiselle est, dites-vous, affectueuse et tendre; je vous en crois et j'en crois son visage. La vie d'artiste a des entraînements qui font sortir de la règle et de la mesure les âmes généreuses. Cette jeune créature est pétrie d'une argile aimante; gardez-la pour le foyer domestique. Là seulement est le vrai bien.

— Mais elle n'a pas de dot! me répondit madame de Gabry.

Puis, étendant le bras vers moi, elle ajouta :

— Vous êtes notre ami, je puis tout vous dire. Le père de cette enfant était un banquier de nos amis. Il montait des affaires colossales, c'est ce qui l'a perdu. Il n'a survécu que peu de mois à sa faillite, dans laquelle (Paul a dû vous le dire) la fortune de mon oncle a sombré aux trois quarts et la nôtre plus qu'à moitié.

Nous l'avions connu à Monaco pendant l'hiver que nous passâmes auprès de mon oncle. Il avait l'esprit aventureux, mais si séduisant! Il se trompait lui-même avant de tromper les autres. C'est encore là, n'est-il pas vrai, la plus grande habileté? Nous y fûmes pris, mon oncle, mon mari et moi, et nous risquâmes dans une affaire périlleuse plus qu'il n'était raisonnable. Mais, bah! comme dit Paul, puisque nous n'avons pas d'enfants!... D'ailleurs nous avons la satisfaction de savoir que l'ami auquel nous nous sommes confiés était un honnête homme... Vous devez connaître son nom qu'on a tant vu dans les journaux et sur les affiches : Noël Alexandre. Sa femme était fort aimable. Je ne l'ai connue que déjà passée, avec de jolis restes et un goût de faste et de représentation qui lui allaient bien. Elle aimait un peu le tapage, mais elle montra beaucoup de courage et de dignité lors de la mort de son mari. Elle mourut un an après lui, laissant Jeanne seule au monde.

— Clémentine! m'écriai-je.

En apprenant ce que je n'avais jamais imaginé et ce

dont la seule idée eût révolté toutes les énergies de mon âme, en apprenant que Clémentine n'était plus sur la terre, il se fit en moi comme un grand silence, et le sentiment qui me remplit tout entier fut, non pas une douleur vive et aiguë, mais une tristesse calme et solennelle; j'éprouvai je ne sais quel allégement et ma pensée s'éleva tout à coup à des hauteurs inconnues.

— D'où vous êtes aujourd'hui, Clémentine, dis-je en moi-même, regardez ce cœur maintenant refroidi par l'âge, mais dont le sang bouillonna jadis pour vous, et dites s'il ne se ranime pas à la pensée d'aimer ce qui reste de vous sur la terre. Tout passe, puisque vous avez passé; mais la vie est immortelle; c'est elle qu'il faut aimer dans ses figures sans cesse renouvelées. Le reste est jeu d'enfant, et je suis avec tous mes livres comme un petit garçon qui agite des osselets. Le but de la vie, c'est vous, Clémentine, qui me l'avez révélé.

Madame de Gabry me tira de mes pensées en murmurant :

— Cette enfant est pauvre.

— La fille de Clémentine est pauvre, dis-je à haute voix; que cela est heureux! Je ne veux pas qu'un autre que moi la pourvoie et la dote. Non! la fille de Clémentine ne sera dotée que par moi!

En m'approchant de madame de Gabry qui s'était levée, je lui pris la main droite; je baisai cette main, la posai sur mon bras et dis :

— Vous me conduirez sur la tombe de la veuve de Noël Alexandre.

Et j'entendis madame de Gabry qui me disait :

— Pourquoi pleurez-vous?

IV.

LE PETIT SAINT-GEORGES.

16 avril.

Saint Droctrovée et les premiers abbés de Saint-Germain-des-Prés m'occupent depuis quarante ans, mais je ne sais si j'écrirai leur histoire avant d'aller les rejoindre. Il y a déjà longtemps que je suis vieux. Un jour de l'an passé, sur le pont des Arts, quelqu'un de mes confrères de l'Institut se plaignit devant moi de l'ennui de vieillir.

— C'est encore, lui répondit Sainte-Beuve, le seul moyen qu'on ait trouvé de vivre longtemps.

J'ai usé de ce moyen, et je sais ce qu'il vaut. Le dommage est, non point de trop durer, mais bien de voir tout passer autour de soi. Mère, femme, amis, enfants, la nature fait et défait ces divins trésors avec une morne indifférence, et il se trouve qu'enfin nous n'avons aimé, nous n'avons embrassé que des ombres. Mais il en est de si douces! Si jamais créature glissa comme une ombre dans la vie d'un homme, c'est bien la jeune fille que j'aimais quand (chose incroyable à cette heure) j'étais moi-même un jeune homme. Et pourtant le souvenir de cette ombre est encore aujourd'hui une des meilleures réalités de ma vie.

Un sarcophage chrétien des catacombes de Rome porte une formule d'imprécation dont j'ai appris avec le temps à comprendre le sens terrible. Il y est dit : « Si quelque impie viole cette sépulture, qu'il meure le dernier des siens! » En ma qualité d'archéologue, j'ai ouvert des tombeaux, remué des cendres, pour recueillir les lambeaux d'étoffes, les ornements de métal et les diverses gemmes qui étaient mêlés à ces cendres. Mais je l'ai fait par une curiosité de savant, de laquelle la vénération et la piété n'étaient point absentes. Puisse la malédiction gravée par un des premiers disciples des apôtres sur la tombe d'un martyr ne jamais m'atteindre! Je ne dois pas craindre de survivre aux miens tant qu'il y aura des hommes sur la terre, car il en est toujours qu'on peut aimer.

Mais la puissance d'aimer s'affaiblit et se perd avec l'âge comme toutes les autres énergies de l'homme. L'exemple le prouve et c'est là ce qui m'effraie. Suis-je certain de n'avoir pas moi-même éprouvé déjà ce grand dommage? Je l'aurais assurément éprouvé sans une heureuse rencontre qui m'a rajeuni. Les poètes parlent de la fontaine de Jouvence : elle existe, elle jaillit de dessous terre à chacun de nos pas. Et l'on passe sans y boire!

La jeune fille que j'aimais, mariée selon son cœur à un rival, entra en cheveux blancs dans l'éternel repos. J'ai retrouvé sa fille, de sorte que ma vie, qui n'avait plus d'utilité, a repris un sens et une raison d'être.

17 avril.

— Thérèse, donnez-moi mon chapeau neuf, ma meilleure redingote et ma canne à pomme d'argent.

Mais Thérèse est sourde comme un sac de charbon et lente comme la justice. Les ans en sont la cause. Le pis est qu'elle croit avoir ouïe fine et bon pied : et, fière de ses soixante ans d'honnête domesticité, elle sert son vieux maître avec le plus vigilant despotisme.

Que vous disais-je?... La voici qui ne veut pas me donner ma canne à pomme d'argent, de peur que je ne la perde. Il est vrai que j'oublie assez souvent parapluies et béquilles dans les omnibus et chez les libraires. Mais j'ai une bonne raison pour prendre aujourd'hui mon vieux jonc dont la pomme d'argent ciselé représente Don Quichotte galopant, la lance en arrêt, contre des moulins à vent, tandis que Sancho Pança, les bras au ciel, le conjure en vain de s'arrêter. Cette canne est tout ce que j'ai recueilli de l'héritage de mon oncle, le capitaine Victor, qui fut de son vivant plus semblable à Don Quichotte qu'à Sancho Pança et qui aimait les coups aussi naturellement qu'on les craint d'ordinaire.

Depuis trente ans, je la porte, cette canne, à chaque course mémorable ou solennelle que je fais, et les deux figurines du seigneur et de l'écuyer m'inspirent et me conseillent. Je crois les entendre. Don Quichotte me dit :

— « Pense fortement de grandes choses, et sache que la pensée est la seule réalité du monde. Hausse la nature à ta taille, et que l'univers tout entier ne soit pour toi que le reflet de ton âme héroïque. Combats pour l'honneur; cela seul est digne d'un homme, et s'il t'arrive de recevoir des blessures, répands ton sang comme une rosée bienfaisante, et souris. »

Et Sancho Pança me dit à son tour :

— « Reste ce que le ciel t'a fait, mon compère. Préfère la croûte de pain qui sèche dans ta besace aux ortolans qui rôtissent dans la cuisine du seigneur. Obéis à ton maître, sage ou fou, et ne t'embarrasse pas le cerveau de trop de choses inutiles. Crains les coups : c'est tenter Dieu que de chercher le péril. »

Mais si le chevalier incomparable et son nonpareil écuyer sont en image au bout de ce bâton, ils sont en réalité dans mon for intérieur. Nous avons tous en nous un

Don Quichotte et un Sancho que nous écoutons, et alors même que Sancho nous persuade, c'est Don Quichotte qu'il nous faut admirer... Mais trêve de radotage! et allons chez madame de Gabry pour une affaire qui passe le train ordinaire de la vie.

Même jour.

Je trouvai madame de Gabry vêtue de noir et boutonnant ses gants.

— Je suis prête, me dit-elle.

Prête, c'est ainsi que je l'ai trouvée en toute occasion de bien faire.

Après quelques compliments sur la bonne santé de son mari alors en promenade, nous descendîmes l'escalier et montâmes en voiture.

Je ne sais quelle secrète influence je craignais de dissiper en rompant le silence, mais nous suivîmes les larges boulevards déserts en regardant sans rien dire, les croix, les cippes et les couronnes qui attendent chez le marchand leur funèbre clientèle.

Le fiacre s'arrêta aux derniers confins de la terre des vivants, devant la porte sur laquelle sont gravées des paroles d'espérance.

— Suivez-moi, me dit madame de Gabry, dont je remarquai pour la première fois la haute taille. Nous allâmes le long d'une allée de cyprès, puis nous suivîmes un chemin étroit ménagé entre des tombes. Enfin, devant une pierre couchée :

— C'est là, me dit-elle. Et elle s'agenouilla. Je remarquai malgré moi le beau mouvement d'abandon par lequel cette femme chrétienne tomba les deux genoux à terre, laissant les flots de sa robe se répandre au hasard autour d'elle.

Je n'avais jamais vu de dame s'agenouiller si franchement et avec un tel oubli de soi-même, hors deux exilées polonaises, un soir, dans une église déserte de Paris.

Cette image me traversa comme un éclair et je ne vis plus que la pierre inclinée sur laquelle était le nom de Clémentine. Ce que je ressentis alors fut quelque chose de profond et de vague qui ne peut s'exprimer que par les sons d'une belle musique. J'entendis des instruments d'une douceur céleste chanter dans ma vieille âme. Aux graves harmonies d'un hymne funéraire se mêlaient les notes voilées d'un cantique d'amour, car mon âme confondait dans un même sentiment la morne gravité du présent et les grâces familières du passé.

Je ne puis dire s'il y avait longtemps que nous étions devant la tombe de Clémentine, quand madame de Gabry se leva. Nous traversâmes le cimetière sans nous rien dire. Quand nous fûmes de nouveau au milieu des vivants, ma langue se délia.

— En vous suivant, dis-je à madame de Gabry, je songeais à ces anges des légendes qu'on rencontre aux confins mystérieux de la vie et de la mort. La tombe à laquelle vous m'avez conduit et que j'ignorais comme presque tout ce qui touche celle qu'elle recouvre, m'a rappelé des émotions uniques dans ma vie et qui sont dans cette vie si terne comme une lumière sur un chemin noir. La lumière s'éloigne à mesure que la route s'allonge ; je suis presque au bas de la dernière côte, et pourtant, je vois la lueur aussi vive chaque fois que je me retourne.

Vous, madame, qui avez connu Clémentine en cheveux blancs, épouse et mère, vous ne pouvez l'imaginer jeune fille, blonde, rose et blanche, telle que je la vis. Puisque vous avez bien voulu être mon guide, je dois vous dire, chère madame, quels sentiments m'a rappelés cette tombe devant laquelle vous m'avez conduit. Les souvenirs se pressent dans mon âme. Je suis comme un vieux chêne noueux et moussu qui réveille des nichées d'oiseaux chanteurs en agitant ses branches. Par malheur la chanson de mes oiseaux est vieille comme le monde et ne peut amuser que moi.

— Contez-moi vos souvenirs, me dit madame de Gabry. Je ne puis lire vos livres qui sont faits pour les savants, mais j'aime beaucoup à vous entendre, parce que vous savez donner de l'intérêt aux choses les plus ordinaires de la vie. Et parlez-moi comme à une vieille femme. J'ai trouvé ce matin trois fils blancs dans mes cheveux.

— Voyez-les venir sans regret, madame, répondis-je : le temps n'est doux que pour ceux qui le prennent en douceur. Et quand, dans plusieurs années, une légère écume d'argent brodera vos bandeaux noirs, vous serez revêtue d'une beauté nouvelle, moins vive, mais plus touchante que la première, et vous verrez votre mari admirer vos cheveux blancs à l'égal de la boucle noire que vous lui donnâtes en vous mariant et qu'il porte dans un médaillon comme une chose sainte. Ces boulevards sont larges et peu fréquentés. Nous pourrons causer tout à l'aise en cheminant. Je vous dirai d'abord comment j'ai connu le père de Clémentine. Mais n'attendez rien d'extraordinaire, rien de remarquable, car vous seriez grandement déçue.

M. de Lessay habitait le second étage d'une vieille maison de l'avenue de l'Observatoire, dont la façade de plâtre,ornée de bustes antiques, et le grand jardin sauvage furent les premières images qui s'imprimèrent dans mes yeux d'enfant; et ce sont sans doute les dernières qui, lorsque viendra le jour inévitable, se glisseront sous mes paupières appesanties. Car c'est dans cette maison que je suis né; c'est dans ce jardin que j'appris, en jouant, à sentir et à connaître quelques parcelles de ce vieil univers. Heures charmantes, heures sacrées! quand l'âme toute fraîche découvre le monde qui se revêt pour elle d'un éclat caressant et d'un charme mystérieux. C'est qu'en effet, madame, l'univers n'est que le reflet de notre âme.

Ma mère était une créature bien heureusement douée. Elle se levait avec le soleil comme les oiseaux, auxquels elle ressemblait par l'industrie domestique, par l'instinct maternel, par un perpétuel besoin de chanter et par une sorte de grâce brusque que je sentais fort bien, tout enfant que j'étais. Elle était l'âme de la maison, qu'elle remplissait de son activité ordonnée et joyeuse. Mon père était aussi lent qu'elle était vive. Je me rappelle son visage placide sur lequel passait par moment un sourire ironique. Il était fatigué, et il aimait sa fatigue. Assis près de la fenêtre, dans son grand fauteuil, il lisait du matin au soir et c'est de lui que je tiens l'amour des livres. Mais il ne fallait point espérer qu'il se mêlât de rien au monde. Quand ma mère essayait par des ruses gracieuses de le tirer de son repos, il hochait la tête avec cette douceur inexorable qui fait la force des caractères faibles. Il désespérait la pauvre femme qui n'entrait pas du tout dans cette sagesse contemplative et ne comprenait de la vie que les soins quotidiens et le gai travail de chaque heure. Elle le croyait malade et craignait qu'il le devînt davantage. Mais son apathie avait une autre cause.

Mon père, entré dans les bureaux de la marine sous M. Decrès, en 1801, fit preuve d'un véritable talent d'administrateur. L'activité était grande alors dans le département de la marine, et mon père devint, en 1805, chef de la deuxième division administrative. Cette année-là, l'empereur, auquel il avait été signalé par le ministre, lui demanda un rapport sur l'organisation de la marine anglaise. Ce travail, empreint, à l'insu du rédacteur, d'un esprit profondément libéral et philosophique, ne fut terminé qu'en 1807, dix-huit mois environ après la défaite de l'amiral Villeneuve à Trafalgar. Napoléon qui, depuis cette sinistre journée, ne voulait plus entendre parler d'un vaisseau, feuilleta le mémoire avec colère et le jeta au feu en s'écriant : « Des phrases! des phrases! J'ai déjà dit que je n'aimais pas les idéologues! » On rapporta à mon père que la colère de l'empereur était telle en ce moment qu'il foulait le manuscrit sous sa botte, dans le feu de la cheminée. C'était d'ailleurs son habitude, quand il était irrité, de tisonner avec ses pieds, jusqu'à ce qu'il eût roussi ses semelles.

Mon père ne se releva jamais de cette disgrâce, et l'inutilité de tous ses efforts pour bien faire fut certainement la cause de l'apathie dans laquelle il tomba plus tard. Pourtant Napoléon, de retour de l'île d'Elbe, le fit appeler et le chargea de rédiger, dans un esprit patriotique et libéral, des proclamations et des bulletins à la flotte. Après Waterloo, mon père, plus attristé que surpris, resta à l'écart et ne fut point inquiété. Seulement on s'accorda à dire que c'était un jacobin, un buveur de sang, un de ces hommes qu'on ne peut pas voir. Le frère aîné de ma mère, Victor Maldent, capitaine d'infanterie, mis à la demi-solde en 1814 et licencié en 1815, aggravait par sa mauvaise attitude les difficultés que la chute de l'empire avait causées à mon père. Le capitaine Victor criait dans les cafés et dans les bals publics que les Bourbons avaient vendu la France aux Cosaques. Il découvrait à tout venant une cocarde tricolore cachée dans la coiffe de son chapeau ; il portait avec ostentation une canne dont le pommeau travaillé au tour avait pour ombre la silhouette de l'empereur.

Si vous n'avez pas vu, madame, certaines lithographies de Charlet, vous ne pouvez avoir aucune idée de la physionomie de l'oncle Victor, quand, serré à la taille dans sa redingote à brandebourgs, portant sur la poitrine sa croix d'honneur et des violettes, il se promenait dans le jardin des Tuileries avec une farouche élégance.

L'oisiveté et l'intempérance donnèrent le plus mauvais goût à ses passions politiques. Il insultait les gens qu'il voyait lire la *Quotidienne* ou le *Drapeau blanc*, et les forçait à se battre avec lui. Il eut ainsi la douleur et la honte de blesser en duel un enfant de seize ans. Enfin, mon oncle Victor était tout le contraire d'un homme sage ; et, comme il venait déjeuner et dîner chez nous tous les jours que Dieu faisait, son mauvais renom s'attachait à notre foyer. Mon pauvre père souffrait cruellement des incartades de son hôte, mais, comme il était bon, il laissait sans rien dire sa porte ouverte au capitaine qui l'en méprisait cordialement.

Ce que je vous raconte là, madame, me fut expliqué depuis. Mais mon oncle le capitaine m'inspirait alors le plus pur enthousiasme et je me promettais bien de lui ressembler un jour autant qu'il me serait possible. Un beau matin, pour commencer la ressemblance, je me campai le poing sur la hanche et jurai comme un mécréant. Mon excellente mère m'appliqua sur la joue un soufflet si leste, que je restai quelque temps stupéfait avant de fondre en larmes. Je vois encore le vieux fauteuil de velours d'Utrecht jaune derrière lequel je répandis ce jour-là d'innombrables pleurs.

J'étais alors un bien petit homme. Un matin, mon père, m'ayant pris dans ses bras, selon son habitude, me sourit avec cette nuance de raillerie qui donnait quelque chose de piquant à son éternelle douceur. Pendant qu'assis sur ses genoux je jouais avec ses longs cheveux blancs, il me disait des choses que je ne comprenais pas très bien, mais qui m'intéressaient beaucoup par cela même qu'elles étaient mystérieuses. Je crois, sans en être bien sûr, qu'il me contait, ce matin-là, l'histoire du petit roi d'Yvetot, d'après la chanson. Tout à coup nous entendîmes un grand bruit et les vitres résonnèrent. Mon père m'avait laissé glisser à ses pieds; ses bras étendus battaient l'air en tremblant; sa face était inerte et toute blanche, avec des yeux énormes. Il essaya de parler, mais ses dents claquaient. Enfin, il murmura : « Ils l'ont fusillé ! » Je ne savais ce qu'il voulait dire et j'éprouvais une terreur obscure. J'ai su depuis qu'il parlait du maréchal Ney, tombé, le 7 décembre 1815, sous le mur qui fermait un terrain vague attenant à notre maison.

Environ vers ce temps, je rencontrais souvent dans l'escalier un vieillard (ce n'était peut-être pas tout à fait un vieillard), dont les petits yeux noirs brillaient avec une extraordinaire vivacité sur un visage basané et immobile. Il ne me semblait pas vivant, ou du moins, il ne me semblait pas vivre de la même façon que les autres hommes. J'avais vu, chez M. Denon, où mon père m'avait mené, une momie rapportée d'Égypte; et je me figurais de bonne foi que la momie de M. Denon se réveillait quand elle était seule, sortait de son coffre doré, mettait un habit noisette et une perruque poudrée, et que c'était alors M. de Lessay. Et aujourd'hui même, chère madame, tout en repoussant cette opinion, comme dénuée de fondement, je dois confesser que M. de Lessay ressemblait beaucoup à la momie de M. Denon. C'est assez pour expliquer que ce personnage m'inspirait une terreur fantastique.

En réalité, M. de Lessay était un petit gentilhomme et un grand philosophe. Disciple de Mably et de Rousseau, il se flattait d'être sans préjugés. Il détestait le fanatisme, mais il avait celui de la tolérance. Je vous parle, madame, d'un contemporain d'un âge disparu. Je crains de ne pas me faire comprendre et je suis certain de ne pas vous intéresser. Cela est si loin de nous! Mais j'abrège autant qu'il est possible; d'ailleurs je ne vous ai rien promis d'intéressant, et vous ne pouviez pas vous attendre à ce qu'il y eût de grandes aventures dans la vie de Sylvestre Bonnard.

Madame de Gabry m'encouragea à poursuivre et je le fis en ces termes :

— M. de Lessay était brusque avec les hommes et courtois envers les dames. Il baisait la main de ma mère que les mœurs de la république et de l'empire n'avaient point habituée à cette galanterie. Par lui, je touchai à l'époque de Louis XVI. M. de Lessay était géographe, et personne, à ce que je crois, ne s'est montré aussi fier que lui de s'occuper de la figure de ce globe. Il avait fait dans l'ancien régime de l'agriculture en philosophe et consumé ainsi ses champs jusqu'au dernier arpent. N'ayant plus une motte de terre à lui, il s'empara du globe entier et dressa une quantité extraordinaire de cartes, d'après les relations de voyageurs. Mais, nourri comme il l'était de la plus pure moelle de l'encyclopédie, il ne se bornait pas à parquer les humains à tel degré, tant de minutes et tant de secondes de latitude et de longitude. Il s'occupait de leur bonheur, hélas! Il est à remarquer, madame, que les hommes qui se sont occupés du bonheur des peuples ont rendu leurs proches bien malheureux. M. de Lessay, plus géomètre que d'Alembert, plus philosophe que Jean-Jacques, était aussi plus royaliste que Louis XVIII. Mais son amour pour le roi n'était rien en comparaison de sa haine pour l'empereur. Il était entré dans la conspiration de Georges contre le premier consul; mais l'instruction l'ayant ignoré ou méprisé, il ne figura pas parmi les inculpés; il ne pardonna jamais cette injure à Bonaparte, qu'il nommait l'ogre de Corse et à qui il n'aurait jamais confié, disait-il, un régiment, tant il le trouvait un pitoyable militaire.

En 1820, M. de Lessay, veuf depuis de longues années, épousa, à l'âge de soixante ans environ, une très jeune femme, qu'il employa impitoyablement à la confection de ses cartes et qui, après quelques années de mariage, lui donna une fille et mourut. Ma mère l'avait soignée dans sa courte maladie; elle veilla à ce que l'enfant ne manquât de rien. Cette enfant se nommait Clémentine.

C'est de cette naissance et de cette mort que datent les relations de ma famille avec M. de Lessay. Comme je sortais alors de la première enfance, je m'obscurcis et m'épaissis; je perdis le don charmant de voir et de sentir, et les choses ne me causèrent plus ces surprises délicieuses qui font l'enchantement de l'âge le plus tendre. Aussi ne me reste-t-il plus aucun souvenir des temps qui suivirent la naissance de Clémentine; je sais seulement qu'à peu de mois d'intervalle j'éprouvai un malheur dont la pensée me serre encore le cœur. Je perdis ma mère. Un grand silence, un grand froid et une grande ombre enveloppèrent brusquement la maison.

Je tombai dans une sorte d'engourdissement. Mon père m'envoya au lycée, mais j'eus bien de la peine à sortir de ma torpeur.

Je n'étais pourtant pas tout à fait un imbécile et mes professeurs m'apprirent à peu près tout ce qu'ils voulurent, c'est-à-dire un peu de grec et beaucoup de latin. Je n'eus commerce qu'avec les anciens. J'appris à estimer Miltiade et à admirer Thémistocle. Quintus Fabius me devint familier, autant du moins que la familiarité m'était possible avec un si grand consul. Fier de ces hautes relations, je n'abaissai plus les yeux sur la petite Clémentine et sur son vieux père, qui d'ailleurs partirent un beau jour pour la Normandie sans que je daignasse m'inquiéter de leur retour.

Ils revinrent pourtant, madame, ils revinrent! Influences du ciel, énergies de la nature, puissances mystérieuses qui répandez sur les hommes le don d'aimer, vous savez si j'ai revu Clémentine! Ils entrèrent dans notre triste demeure. M. de Lessay ne portait plus perruque. Chauve, avec des mèches grises sur ses tempes rouges, il annonçait une robuste vieillesse. Mais cette divine créature que je voyais resplendir à son bras et dont la présence illuminait le vieux salon fané, ce n'était donc pas une apparition, c'était donc Clémentine! Je le dis en vérité : ses yeux bleus, ses yeux de pervenche me parurent une chose surnaturelle, et encore aujourd'hui je ne puis m'imaginer que ces deux joyaux animés aient subi les fatigues de la vie et la corruption de la mort.

Elle se troubla un peu en saluant mon père qu'elle ne connaissait pas. Son teint était légèrement rosé et sa bouche entr'ouverte souriait de ce sourire qui fait songer à l'infini, sans doute parce qu'il ne trahit aucune pensée précise et qu'il n'exprime que la joie de vivre et le bonheur d'être belle. Son visage brillait sous une capote rose comme un bijou dans un écrin ouvert; elle portait une écharpe de cachemire sur une robe de mousseline blanche plissée à la taille et qui laissait passer le bout d'une bottine mordorée... Ne vous moquez point, chère madame; c'était la mode alors, et je ne sais si les nouvelles ont autant de simplicité, de fraîcheur et de grâce décente.

M. de Lessay nous dit qu'ayant entrepris la publication d'un atlas historique, il revenait habiter Paris et s'arrangerait avec plaisir de son ancien appartement, s'il était vacant. Mon père demanda à mademoiselle de Lessay si elle était heureuse de venir dans la capitale. Elle l'était, car son sourire s'épanouit. Elle souriait aux fenêtres ouvertes sur le jardin vert et lumineux; elle souriait au Marius de bronze assis dans les ruines de Carthage sur le cadran de la pendule; elle souriait aux vieux fauteuils de velours jaune et au pauvre étudiant qui n'osait lever les yeux sur elle. A compter de ce jour, comme je l'aimai!

Mais nous voici arrivés rue de Sèvres et bientôt nous verrons vos fenêtres. Je suis un bien mauvais conteur et si je m'avisais par impossible de composer un roman, je n'y réussirais guère. J'ai préparé longuement un récit que je vais vous faire en quelques mots; car il y a une certaine délicatesse, une certaine grâce de l'âme qu'un vieillard blesserait en s'étendant avec complaisance sur les sentiments de l'amour même le plus pur. Faisons quelques pas sur ce boulevard bordé de couvents et mon récit tiendra aisément dans l'espace qui nous sépare de ce petit clocher que vous voyez là-bas.

M. de Lessay, apprenant que je sortais de l'école des chartes, me jugea digne de collaborer à son atlas historique. Il s'agissait de déterminer sur une suite de cartes ce que le vieillard philosophe nommait les vicissitudes des empires depuis Noé jusqu'à Charlemagne. M. de Lessay avait emmagasiné dans sa tête toutes les erreurs du XVIIIe siècle en matière d'antiquités. J'étais en histoire de l'école des novateurs et dans un âge où l'on ne sait guère feindre. La façon dont le vieillard comprenait ou plutôt ne comprenait pas les temps barbares, son obstination à voir dans la haute antiquité des princes ambitieux, des prélats hypocrites et cupides, des citoyens vertueux, des poètes philosophes et autres personnages, qui n'ont jamais existé que dans les romans de Marmontel, me rendait horriblement malheureux et m'inspira d'abord toutes sortes d'objections fort rationnelles sans doute, mais parfaitement inutiles et quelquefois dangereuses. M. de Lessay était bien irascible et Clémentine était bien belle. Entre elle et lui, je passais des heures de tortures et de délices. J'aimais, je fus lâche, et lui accordai bientôt tout ce qu'il exigea sur la figure historique et politique que cette terre, qui plus tard devait porter Clémentine, affectait aux époques d'Abraham, de Ménès et de Deucalion.

A mesure que nous dressions nos cartes, mademoiselle de Lessay les lavait à l'aquarelle. Penchée sur la table, elle tenait le pinceau à deux doigts, une ombre lui descendait des paupières sur les joues et baignait ses yeux mi-clos d'une ombre charmante. Parfois elle levait la tête et je voyais sa bouche entr'ouverte. Il y avait tant d'expression dans sa beauté qu'elle ne pouvait respirer sans avoir l'air de soupirer et ses attitudes les plus ordinaires me plongeaient dans une rêverie profonde. En la contemplant, je convenais avec M. de Lessay que Jupiter avait régné despotiquement sur les régions montueuses de la Thessalie et qu'Orphée fut imprudent en confiant au clergé l'enseignement de la philosophie. Je ne sais pas encore aujourd'hui si j'étais un lâche ou un héros quand j'accordais cela à l'entêté vieillard.

Mademoiselle de Lessay, je dois le dire, ne me prêtait pas grande attention. Mais cette indifférence me semblait si juste et si naturelle que je ne songeais pas à m'en plaindre; j'en souffrais, mais c'était sans le savoir. J'espérais : nous n'en étions encore qu'au premier empire d'Assyrie.

M. de Lessay venait chaque soir prendre le café avec mon père. Je ne sais comment ils s'étaient liés, car il est rare de rencontrer deux natures aussi complètement différentes. Mon père admirait peu et pardonnait beaucoup. Avec l'âge il avait pris en haine toutes les exagérations. Il revêtait ses idées de mille nuances fines et n'épousait jamais une opinion qu'avec toutes sortes de réserves. Ces habitudes d'un esprit délicat faisaient bondir le vieux gentilhomme sec et cassant que la modération d'un adversaire ne désarmait jamais, bien au contraire! Je flairais un danger. Ce danger était Bonaparte. Mon père n'avait gardé aucune tendresse pour lui, mais ayant travaillé sous ses ordres, il n'aimait pas à l'entendre injurier, surtout au profit des Bourbons, contre lesquels il avait des griefs sanglants. M. de Lessay, plus voltairien et plus légitimiste que jamais, faisait remonter à Bonaparte l'origine de tout mal politique, social et religieux. En cet état de choses, le capitaine Victor m'inquiétait par-dessus tout. Cet oncle terrible était devenu parfaitement intolérable depuis que sa sœur n'était plus là pour le calmer. La harpe de David était brisée et Saül se livrait à ses fureurs. La chute de Charles X augmenta l'audace du vieux napoléonien, qui fit toutes les bravades imaginables. Il ne fréquentait plus notre maison trop silencieuse pour lui. Mais, parfois, à l'heure du dîner, nous le voyions apparaître couvert de fleurs, comme un mausolée. Communément, il se mettait à table en jurant du fond de sa gorge, vantait, entre les bouchées, ses bonnes fortunes de vieux brave. Puis, le dîner fini, il pliait sa serviette en bonnet d'évêque, avalait un demi-carafon d'eau-de-vie et s'en allait avec la hâte d'un homme épouvanté à l'idée de passer sans boire un temps quelconque en tête-à-tête avec un vieux philosophe et un jeune savant. Je sentais bien que s'il rencontrait un jour M. de Lessay, tout serait perdu. Ce jour arriva, madame!

Le capitaine disparaissait cette fois sous les fleurs et ressemblait si bien à un monument commémoratif des gloires de l'empire, qu'on avait envie de lui passer une couronne d'immortelles à chaque bras. Il était extraordinairement satisfait et la première personne qui bénéficia de cette heureuse disposition fut la cuisinière, qu'il prit par la taille au moment où elle posait le rôti sur la table.

Après le dîner, il repoussa le carafon qu'on lui présenta, en disant qu'il ferait flamber tout à l'heure l'eau-de-vie dans son café. Je lui demandai en tremblant s'il n'aimerait pas mieux qu'on lui servît son café de suite. Il était fort défiant et point sot, mon oncle Victor. Ma précipitation lui parut de mauvais aloi, car il me regarda d'un certain air et me dit :

— Patience! mon neveu. Ce n'est pas à l'enfant de troupe à sonner la retraite, que diable! Vous êtes donc bien pressé, monsieur le magister, de voir si j'ai des éperons à mes bottes.

Il était clair que le capitaine avait deviné que je souhaitais qu'il s'en allât. Le connaissant, j'eus la certitude qu'il resterait. Il resta. Les moindres circonstances de cette soirée demeurent empreintes dans ma mémoire. Mon oncle était tout à fait jovial. La seule pensée d'être importun le gardait en belle humeur. Il nous conta dans un excellent style de caserne, ma foi, certaine histoire d'un moine, d'un trompette et de cinq bouteilles de chambertin, qui doit être fort goûtée dans les garnisons et que je n'essayerais pas de vous conter, madame, même si je me la rappelais. Quand nous passâmes dans le salon, le capitaine nous signala le mauvais état de nos chenets et nous enseigna doctement l'emploi du tripoli pour le polissage des cuivres. De politique, pas un mot. Il se ménageait. Huit coups sonnèrent dans les ruines de Carthage. C'était l'heure de M. de Lessay. Quelques minutes après il entra dans le salon avec sa fille. Le train ordinaire des soirées commença. Clémentine se mit à broder près de la lampe, dont l'abat-jour laissait sa jolie tête dans une ombre légère et ramenait sur ses doigts une clarté qui les rendait presque lumineux. M. de Lessay parla d'une comète annoncée par les astronomes et développa à cette occasion des théories qui, si hasardeuses qu'elles fussent, témoignaient de quelque culture intellectuelle. Mon père, qui avait des connaissances en astronomie, exprima de saines idées, qu'il termina par son éternel : « Que sais-je, enfin ? » Je produisis à mon tour l'opinion de notre voisin de l'observatoire, le grand Arago. L'oncle Victor affirma que les comètes ont une influence sur la qualité des vins et cita à l'appui une joyeuse histoire de cabaret. J'étais si content de cette conversation que je m'efforçai de la maintenir, à l'aide de mes plus fraîches lectures, par un long exposé de la constitution chimique de ces astres légers qui, répandus dans les espaces célestes sur des milliards de lieues, tiendraient dans une bouteille. Mon père, un peu surpris de mon éloquence, me regardait avec sa placide ironie. Mais on ne peut rester toujours dans les cieux. Je parlai, en regardant Clémentine, d'une comète de diamants que j'avais admirée la veille à la montre d'un joaillier. Je fus bien mal inspiré.

— Mon neveu, s'écria le capitaine Victor, ta comète ne valait pas celle qui brillait dans les cheveux de l'impératrice Joséphine, quand elle vint à Strasbourg distribuer des croix à l'armée.

— Cette petite Joséphine aimait grandement la parure, reprit M. de Lessay, entre deux gorgées de café. Je ne l'en blâme pas ; elle avait du bon, quoiqu'un peu légère. C'était une Tascher et elle fit grand honneur à Buonaparte en l'épousant. Une Tascher, ce n'est pas beaucoup dire, mais un Buonaparte, ce n'est rien dire du tout.

— Qu'entendez-vous par là, monsieur le marquis? demanda le capitaine Victor.

— Je ne suis pas marquis, répondit sèchement M. de Lessay, et j'entends que Buonaparte eût été fort bien apparié en épousant une de ces femmes cannibales que le capitaine Cook décrit dans ses voyages, nues, tatouées, un anneau dans les narines et dévorant avec délices des membres humains putréfiés.

Je l'avais prévu, pensai-je, et, dans mon angoisse (ô pauvre cœur humain !), ma première idée fut de remarquer la justesse de mes prévisions. Je dois dire que la réponse du capitaine fut du genre sublime. Il se campa le poing sur la hanche, toisa dédaigneusement M. de Lessay et dit :

— Napoléon, monsieur le vidame, eut une autre femme que Joséphine et que Marie-Louise. Cette compagne, vous ne la connaissez pas et moi je l'ai vue de près; elle porte un manteau d'azur constellé d'étoiles, elle est couronnée de lauriers; la croix d'honneur brille sur sa poitrine; elle se nomme la Gloire.

M. de Lessay posa sa tasse sur la cheminée et dit tranquillement :

— Votre Buonaparte était un polisson.

Mon père se leva avec nonchalance, étendit lentement le bras et dit d'une voix très douce à M. de Lessay :

— Quel qu'ait été l'homme qui est mort à Sainte-Hélène, j'ai travaillé dix ans dans son gouvernement et mon beau-frère fut blessé trois fois sous ses aigles. Je vous supplie, monsieur et ami, de ne plus l'oublier à l'avenir.

Ce que n'avaient pas fait les insolences sublimes et burlesques du capitaine, la remontrance courtoise de mon père jeta M. de Lessay dans une colère furieuse.

— Je l'oubliais, s'écria-t-il, blême, les dents serrées, l'écume à la bouche. J'avais tort, la caque sent toujours le hareng, et quand on a servi des coquins....

A ce mot, le capitaine lui sauta à la gorge. Il l'aurait, je crois, étranglé sans sa fille et sans moi.

Mon père, les bras croisés, un peu plus pâle qu'à l'ordinaire, regardait ce spectacle avec une indicible expression de pitié. Ce qui suivit fut plus lamentable encore, mais à quoi bon insister sur la folie de deux vieillards? Enfin, je parvins à les séparer. M. de Lessay fit un signe à sa fille et sortit. Comme elle le suivait, je courus après elle dans l'escalier.

Mademoiselle, lui dis-je, éperdu, en lui pressant la main, je vous aime! je vous aime!

Elle garda une seconde ma main dans la sienne; sa bouche s'entr'ouvrit. Qu'allait-elle dire? Mais tout à coup, levant les yeux vers son père qui montait l'étage, elle retira sa main et me fit un geste d'adieu.

Je ne l'ai pas revue depuis. Son père alla se loger du côté du Panthéon, dans un appartement qu'il avait loué pour la vente de son atlas historique. Il y mourut peu de mois après d'une attaque d'apoplexie. Sa fille se retira, me dit-on, à Caen, chez une vieille parente. C'est là qu'ayant passé la première jeunesse, elle épousa un commis de banque, ce Noël Alexandre qui devint si riche et mourut si pauvre.

Quant à moi, madame, je vécus seul en paix avec moi-même : mon existence, exempte de grands maux et de grandes joies, fut assez heureuse. Mais je n'ai pu de longtemps voir dans les soirées d'hiver un fauteuil vide auprès du mien, sans que mon cœur ne se serrât douloureusement. J'ai appris de vous, qui avez connu Clémentine, sa vieillesse et sa mort. J'ai vu sa fille chez vous. Je l'ai vue, mais je ne dirai pas encore comme le vieillard de l'Écriture : Et maintenant, rappelez à vous votre serviteur, Seigneur. Si un bonhomme comme moi peut être utile à quelqu'un, c'est à cette orpheline que je veux, avec votre aide, consacrer mes dernières forces.

Madame de Gabry dit :

— Cher monsieur, je ne puis vous aider en cela autant que je voudrais. Jeanne est orpheline et mineure. Vous ne pouvez rien faire pour elle sans l'autorisation de son tuteur.

— Ah ! m'écriai-je, je n'avais pas songé le moins du monde que Jeanne eût un tuteur.

Madame de Gabry me regarda avec une visible expression de surprise. Elle n'attendait pas du bonhomme tant de simplicité

Elle reprit :

— Le tuteur de Jeanne Alexandre est maître Mouche, notaire à Levallois-Perret. Je crains que vous ne vous entendiez pas bien avec lui, car c'est un homme sérieux.

— Eh ! bon Dieu ! m'écriai-je, avec qui donc voulez-vous que je m'entende à mon âge, si ce n'est avec les personnes sérieuses ?

Elle sourit avec une douce malice, et dit :

— Avec ceux qui vous ressemblent, les innocents qui ont les mains pleines. M. Mouche n'est pas précisément de ceux-là : il a l'esprit retors et les mains crochues. Bien que j'aie très peu de plaisir à le rencontrer, nous irons ensemble, si vous voulez, lui demander la permission d'aller voir Jeanne, qu'il a mise dans un pensionnat des Ternes où elle est très malheureuse.

Nous prîmes jour ; je baisai les mains de madame de Gabry et nous nous séparâmes.

Du 2 au 5 mai.

Je l'ai vu dans son étude, maître Mouche, le tuteur de Jeanne. Petit, maigre et sec, son teint semble fait de la poussière de ses paperasses. C'est un animal lunetté, car on ne peut l'imaginer sans ses lunettes. Je l'ai entendu, maître Mouche ; il a une voix de crécelle et il parle en termes choisis, mais j'eusse préféré qu'il ne choisît pas du tout ses termes. Je l'ai observé, maître Mouche ; il est cérémonieux et guette son monde du coin de l'œil, sous ses lunettes.

Maître Mouche est heureux, nous a-t-il dit, il est ravi de l'intérêt que nous portons à sa pupille. Mais il ne croit pas qu'on soit sur la terre pour s'amuser. Non, il ne le croit pas ; et je dirai, pour être juste, qu'on est de son avis quand on est près de lui, tant il est peu récréatif. Il craindrait qu'on donnât une idée fausse et pernicieuse de la vie à sa chère pupille en lui procurant trop de plaisirs. C'est pourquoi il supplie madame de Gabry de ne prendre que très rarement cette jeune fille chez elle.

Nous quittâmes le poudreux tabellion et sa poudreuse étude, avec une autorisation en règle (tout ce qui vient de maître Mouche est en règle) de voir le premier jeudi de chaque mois mademoiselle Jeanne Alexandre chez mademoiselle Préfère, institutrice, rue Demours, aux Ternes.

Le premier jeudi de mai, je me rendis chez mademoiselle Préfère, dont l'établissement me fut signalé d'assez loin par une enseigne en lettres bleues. Ce bleu me fut un premier indice du caractère de mademoiselle Virginie Préfère, lequel j'eus depuis l'occasion d'étudier amplement. Une servante effarée prit ma carte et m'abandonna sans un mot d'espoir dans un froid parloir où je respirai cette odeur fade particulière aux réfectoires des maisons d'éducation. Le plancher de ce parloir avait été ciré avec une si impitoyable énergie que je pensai rester en détresse sur le seuil. Mais, ayant heureusement remarqué des petits carrés de laine semés sur le parquet devant les chaises de crin, je parvins, en mettant successivement le pied sur chacun de ces îlots de tapisserie, à m'avancer jusqu'à l'angle de la cheminée où je m'assis essoufflé.

Il y avait sur cette cheminée, dans un grand cadre doré, un écriteau qui s'intitulait, en gothique flamboyant : Tableau d'honneur, et qui contenait un très grand nombre de noms, parmi lesquels je n'eus pas le plaisir de trouver celui de Jeanne Alexandre. Après avoir lu plusieurs fois ceux des élèves qui s'étaient honorées aux yeux de mademoiselle Préfère, je m'inquiétai de ne rien entendre venir. Mademoiselle Préfère aurait certainement réussi à établir sur ses domaines pédagogiques le silence absolu des espaces célestes, si les moineaux n'avaient choisi sa cour pour y venir en essaims innombrables piailler à-bec-que-veux-tu. C'était plaisir de les entendre. Mais de les voir, le moyen, je vous prie, à travers les vitres dépolies? Il fallut me contenter du spectacle qu'offrait le parloir décoré du haut en bas, sur les quatre murs, des dessins exécutés par les pensionnaires de l'établissement. Il y avait là des vestales, des fleurs, des chaumières, des chapiteaux, des volutes et une énorme tête de Tatius, roi des Sabins, signée Estelle Mouton.

J'admirais depuis assez longtemps l'énergie avec laquelle mademoiselle Mouton avait accusé les sourcils en broussailles et les yeux irrités du guerrier antique, quand un bruit plus léger que celui d'une feuille morte qui glisse au vent me fit tourner la tête. En effet, ce n'était pas une feuille morte; c'était mademoiselle Préfère. Les mains jointes, elle avançait sur le miroir du parquet comme les saintes de la *Légende dorée* sur le cristal des eaux. Mais en toute autre occasion mademoiselle Préfère ne m'aurait pas fait songer, je crois, aux vierges chères à la pensée mystique. A ne considérer que son visage, elle m'aurait plutôt rappelé une pomme de reinette conservée pendant l'hiver dans le grenier d'une sage ménagère. Elle avait sur les épaules une pèlerine à franges qui n'offrait par elle-même rien de considérable, mais qu'elle portait comme si c'eût été un vêtement sacerdotal ou l'insigne d'une haute fonction civile.

Je lui expliquai le but de ma visite et lui remis ma lettre d'introduction.

— Vous avez vu M. Mouche, me dit-elle. Sa santé est-elle aussi bonne que possible? C'est un homme si honnête, si...

— J'ai rencontré, dis-je, mademoiselle Alexandre chez madame de Gabry et j'ai pu apprécier l'excellent caractère et la vive intelligence de cette jeune fille. Ayant beaucoup connu ses parents, je me sens enclin à reporter sur elle l'intérêt qu'ils m'inspiraient.

Pour toute réponse, mademoiselle Préfère soupira profondément.

Enfin elle me dit :

— Puisque vous avez été, monsieur, l'ami de Monsieur et de Madame Alexandre, j'aime à croire que vous avez déploré, comme M. Mouche et comme moi, les folles spéculations qui les ont conduits à la ruine et ont réduit leur fille à la misère.

Je songeai, en entendant ces paroles, que c'est un grand tort que d'être malheureux et que ce tort est impardonnable à ceux qui furent longtemps dignes d'envie. Leur chute nous venge et nous flatte, et nous sommes impitoyables.

Après avoir déclaré en toute franchise que j'étais tout à fait étranger aux affaires de banque, je demandai à la maîtresse de pension si elle était contente de mademoiselle Alexandre.

— Cette enfant est indomptable, s'écria mademoiselle Préfère.

Et elle prit une attitude de haute école pour exprimer symboliquement la situation que lui créait une élève si difficile à dresser. Puis, revenue à des sentiments plus calmes :

— Cette jeune personne, dit-elle, n'est pas sans intelligence. Mais elle ne peut se résoudre à apprendre les choses par principes.

Quelle étrange demoiselle que la demoiselle Préfère! Elle marchait sans lever les jambes et parlait sans remuer les lèvres. Sans m'arrêter plus que de raison à ces particularités, je lui répondis que les principes étaient sans doute quelque chose d'excellent et que je m'en rapportais sur ce point à ses lumières, mais qu'enfin, quand on savait une chose, il était indifférent qu'on l'eût apprise d'une façon ou d'une autre.

Mademoiselle Préfère fit lentement un signe de dénégation. Puis en soupirant :

— Ah! monsieur, dit-elle; les personnes étrangères à l'éducation s'en font des idées bien fausses. Je suis certaine qu'elles parlent dans les meilleures intentions du monde, mais elles feraient mieux, beaucoup mieux de s'en rapporter aux personnes compétentes.

Je n'insistai pas et lui demandai si je pourrais voir sans plus tarder mademoiselle Alexandre.

Elle contempla sa pèlerine, comme pour lire dans l'emmêlement des franges, ainsi qu'en un grimoire, la réponse qu'elle devait rendre, et dit enfin :

— Mademoiselle Alexandre a une pénitence à faire et une répétition à donner; mais je serais désolée que vous vous fussiez dérangé inutilement. Je vais la faire appeler. Permettez-moi seulement, monsieur, pour plus de régularité, d'inscrire votre nom sur le registre des visiteurs.

Elle s'assit devant la table, ouvrit un gros cahier et, tirant de dessous sa pèlerine la lettre de maître Mouche qu'elle y avait glissée :

— Bonnard par un *d*, n'est-ce pas? me dit-elle en écrivant; excusez-moi d'insister sur ce détail. Mais mon opinion est que les noms propres ont une orthographe. Ici, monsieur, on fait des dictées de noms propres... de noms historiques, bien entendu!

Ayant inscrit mon nom d'une main déliée, elle me demanda si elle ne pourrait pas le faire suivre d'une qualité quelconque, telle qu'ancien négociant, employé, rentier, ou toute autre. Il y avait dans son registre une colonne pour les qualités.

— Mon Dieu! madame, lui dis-je, si vous tenez absolument à remplir votre colonne, mettez : membre de l'Institut.

C'était bien la pèlerine de mademoiselle Préfère que je voyais devant moi; mais ce n'était plus mademoiselle Préfère qui en était revêtue; c'était une nouvelle personne, avenante, gracieuse, câline, heureuse, radieuse, celle-là. Ses yeux souriaient; les petites rides de son visage (le nombre en est grand!) souriaient; sa bouche aussi souriait, mais d'un seul côté. J'ai reconnu depuis que c'était le beau côté. Elle parla; sa voix allait à son air, c'était une voix de miel :

— Vous disiez donc, monsieur, que cette chère Jeanne est très intelligente. J'ai fait de mon côté la même observation et je suis fière de m'être rencontrée avec vous. Cette jeune fille m'inspire en vérité beaucoup d'intérêt. Elle a ce que j'appelle un heureux caractère. Mais pardonnez-moi d'abuser de vos précieux moments.

Elle appela la servante qui se montra plus empressée et plus effarée que devant et qui disparut sur l'ordre d'avertir mademoiselle Alexandre que M. Sylvestre Bonnard, membre de l'Institut, l'attendait au parloir.

Mademoiselle Préfère n'eut que le temps de me confier qu'elle avait un profond respect pour les décisions de l'Institut quelles qu'elles fussent, et Jeanne parut, essoufflée, rouge comme une pivoine, les yeux grands ouverts, les bras ballants, charmante dans sa gaucherie naïve.

— Comme vous êtes faite, ma chère enfant! murmura mademoiselle Préfère, avec une douceur maternelle, en lui arrangeant son col.

Jeanne était faite, il est vrai, d'une bien étrange façon. Ses cheveux, tirés en arrière et pris dans un filet duquel ils s'échappaient par mèches, ses bras maigres, enfermés jusqu'au coude dans des manches de lustrine, ses mains rouges d'engelures et dont elle semblait fort embarrassée, sa robe trop courte qui laissait voir des bas trop larges et des bottines éculées, une corde à sauter passée comme une ceinture autour de sa taille, tout cela faisait de Jeanne une demoiselle peu présentable.

— Petite folle! soupira mademoiselle Préfère, qui, cette fois, semblait, non plus une mère, mais une sœur aînée.

Puis, elle s'échappa en glissant comme une ombre sur le miroir du plancher.

Je dis à Jeanne :

— Asseyez-vous, Jeanne, et parlez-moi comme à un ami. Ne vous plaisez-vous pas mieux ici cette année que l'année dernière?

Elle hésita, puis me répondit avec un bon sourire résigné :

— Pas beaucoup mieux.

Je la priai de me dire quelle était sa vie dans cette maison. Elle commença à m'énumérer toutes sortes d'exercices, piano, style, chronologie des rois de France, couture, dessin, danse, catéchisme, savoir-vivre.... Que sais-je encore! Elle tenait dans ses mains, sans s'en apercevoir, les deux bouts de sa corde qu'elle soulevait et abaissait régulièrement en faisant son énumération; mais elle s'en avisa tout à coup, rougit, balbutia; et je dus renoncer à connaître le programme complet des études de l'institution Préfère.

Ayant interrogé Jeanne sur divers points et obtenu les réponses les plus confuses, je vis que la corde occupait cette jeune âme tout entière et j'entrai bravement dans ce grave sujet.

— Vous sautez à la corde, lui dis-je. C'est un agréable exercice dont il ne faut pas abuser; car un excès de ce genre pourrait nuire gravement à votre santé et je ne m'en consolerais pas, Jeanne; je ne m'en consolerais pas.

— Vous êtes bien bon, monsieur, me répondit la jeune fille, d'être venu me voir et de me parler, comme vous me parlez. Je n'ai pas pensé à vous remercier quand je suis entrée parce que j'étais trop surprise. Avez-vous vu madame de Gabry? Parlez-moi d'elle, voulez-vous, monsieur?

— Madame de Gabry, répondis-je, va bien. Je suis allé avec elle l'autre jour, loin, bien loin, et nous avons parlé de vous. Nous avons parlé de vous, mon enfant, sur la tombe de votre mère.

— Je suis bien heureuse, me dit Jeanne.

Et elle se mit à pleurer.

C'est avec respect que je laissai couler ces larmes d'une jeune fille. Puis, tandis qu'elle s'essuyait les yeux :

— Ne me direz-vous pas, Jeanne, lui demandai-je, pourquoi cette corde vous occupait tant tout à l'heure?

— Bien volontiers, monsieur; c'est parce que je ne devais pas paraître avec une corde dans le parloir. Vous pensez bien qu'à mon âge on ne joue plus à la corde. Quand la bonne m'a dit qu'un vieux monsieur... Oh!... qu'un monsieur m'attendait dans le parloir, j'étais occupée à faire sauter les petites; alors, j'ai noué la corde autour de moi, comme cela, pour ne pas la perdre. C'était mal; mais j'ai si peu l'habitude de recevoir des visites! Mademoiselle Préfère ne pardonne pas les fautes contre la tenue; elle me punira, bien sûr; et j'en suis très fâchée.

— Cela est fâcheux, en effet, Jeanne.

Elle prit un air très grave :

— Oui, monsieur, cela est fâcheux, parce que, quand je suis punie, je n'ai plus d'autorité sur les petites.

Je ne me faisais pas une idée très nette de cet inconvénient, mais Jeanne m'expliqua qu'étant chargée par mademoiselle Préfère d'habiller les enfants de la petite classe, de les laver, de leur apprendre la bienséance, l'alphabet, l'usage de l'aiguille, de les faire jouer et finalement de les coucher, la pièce faite, elle ne pouvait se faire obéir de ce turbulent petit peuple les jours où elle était condamnée à garder son bonnet de nuit dans la classe ou à manger debout sa viande sur une assiette retournée.

Ayant admiré intérieurement les pénalités édictées par la dame à la pèlerine enchantée, je répondis :

— Si j'ai bien compris vos paroles, Jeanne, vous êtes à la fois élève et maîtresse. C'est un état fréquent dans le monde. On vous punit et vous punissez.

— Oh! monsieur, me répondit-elle, jamais je ne punis.

— Et je devine, dis-je, que cette indulgence vous attire les réprimandes de mademoiselle Préfère.

Elle sourit et cligna de l'œil.

Je lui représentai alors que les difficultés où nous nous mettons en agissant de notre mieux, selon notre conscience, ne nous écœurent ni ne nous lassent, mais que ce sont, au contraire, de salutaires épreuves. Cette philosophie la toucha très peu. Elle parut même tout à fait indifférente à ma morale. N'était-ce point naturel? et ne sais-je donc pas qu'il faut n'être plus innocent pour se plaire aux moralistes? J'eus l'esprit de couper court à mes maximes :

— Jeanne, dis-je, vous parliez tout à l'heure de madame de Gabry. Parlons de votre fée. Elle était très joliment faite. Modelez-vous ici des figures de cire?

— Je n'ai pas de cire, me répondit-elle, en laissant tomber ses bras, pas de cire!

— Pas de cire, m'écriai-je, dans une république d'abeilles!

Elle rit.

— Et puis, voyez-vous, monsieur, ajouta-t-elle, mes *figurines*, comme vous dites, ne sont pas dans le programme de mademoiselle Préfère. Pourtant j'avais commencé un tout petit saint Georges pour madame de Gabry, une poupée de saint Georges avec une cuirasse dorée. N'est-ce pas, monsieur Bonnard, que c'était bien pour un saint Georges, une cuirasse dorée?

— Fort bien, Jeanne. Mais qu'est-il devenu?

— Je vais vous dire : je l'ai gardé dans ma poche, parce que je n'avais pas d'autre place pour le mettre et... je me suis assise dessus.

Elle tira de sa poche une petite figure de cire qui n'avait plus forme humaine et dont les membres disloqués étaient retenus à peine par leur âme de fil de fer. A la vue de son héros ainsi fait elle fut prise d'attendrissement et de gaîté. La gaîté l'emporta et elle partit d'un éclat de rire qui s'arrêta brusquement.

Mademoiselle Préfère était debout, souriante, à la porte du parloir.

— Cette chère enfant! soupira la maîtresse de pension de sa voix la plus tendre. Je crains qu'elle ne vous fatigue. D'ailleurs, vos moments sont précieux.

Je priai mademoiselle Préfère de perdre cette illusion et, me levant pour prendre congé, je tirai de mes poches quelques tablettes de chocolat et autres douceurs que j'avais apportées.

— C'est cela! me dit Jeanne, il y en a pour toute la pension.

La dame à la pèlerine intervint :

— Mademoiselle Alexandre, dit-elle, remerciez monsieur de sa générosité.

Jeanne la regarda d'un air assez farouche; puis, se tournant vers moi, elle me dit avec une remarquable fermeté :

— Je vous remercie, monsieur, de la bonté que vous avez eue de venir me voir.

— Jeanne, lui dis-je en lui serrant les deux mains, restez une bonne et courageuse enfant. Au revoir.

En se retirant avec ses paquets de chocolat et de pâtisseries, il lui arriva de faire claquer les poignées de sa corde contre le dossier d'une chaise. Mademoiselle Préfère indignée pressa son cœur à deux mains sous sa pèlerine et je m'attendis à voir s'évanouir son âme scolastique.

Quand nous fûmes seuls, elle reprit sa sérénité, et je dois dire, sans me flatter, qu'elle me sourit de tout un côté du visage.

— Mademoiselle, lui dis-je, profitant de ses bonnes dispositions, j'ai remarqué que Jeanne Alexandre était un peu pâle. Vous savez mieux que moi combien l'âge indécis où elle est exige de ménagements et de soins. Je vous offenserais en la recommandant plus instamment à votre vigilance.

Ces paroles semblèrent la ravir. Elle s'écria en joignant les mains :

— Comme ces hommes éminents savent descendre jusque dans les plus infimes détails!

Je lui fis observer que la santé d'une jeune fille n'est pas un infime détail, et j'eus l'honneur de la saluer. Mais elle m'arrêta sur le seuil et me dit en confidence :

— Excusez ma faiblesse, monsieur. Je suis femme et j'aime la gloire. Je ne puis vous cacher que je me sens honorée de la présence d'un membre de l'Institut dans ma modeste institution.

J'excusai la faiblesse de mademoiselle Préfère et, songeant à Jeanne avec l'aveuglement de l'égoïsme, je me dis le long du chemin : Que ferons-nous de cette enfant?

4 juin.

J'aime à regarder de ma fenêtre la Seine et ses quais par ces matins d'un gris tendre qui donnent aux choses une douceur infinie. J'ai contemplé le ciel d'azur qui répand sur la baie de Naples sa sérénité lumineuse. Mais notre ciel de Paris est plus animé, plus bienveillant et plus spirituel. Il sourit, menace, caresse, s'attriste et s'égaie comme un regard humain. Il verse en ce moment une molle clarté sur les hommes et les bêtes de la ville qui accomplissent leur tâche quotidienne. Là-bas, sur l'autre berge, les forts du port Saint-Nicolas déchargent des cargaisons de cornes de bœuf, tandis que des hommes posés sur une passerelle volante font sauter lestement, de bras en bras, des pains de sucre jusque dans la cale du bateau à vapeur. Sur le quai du nord, les chevaux de fiacre, alignés à l'ombre des platanes, la tête dans leur musette, mâchent tranquillement leur avoine, tandis que les cochers rubiconds vident leur verre devant le comptoir du marchand de vin, en guettant du coin de l'œil la pratique matinale.

Les bouquinistes déposent leurs boîtes sur le parapet. Ces braves marchands d'esprit, qui vivent sans cesse dehors, la blouse au vent, sont si bien travaillés par l'air, les pluies, les gelées, les neiges, les brouillards et le grand soleil, qu'ils finissent par ressembler aux vieilles statues des cathédrales. Ils sont tous mes amis et je ne passe guère devant leurs boîtes sans en tirer quelque bouquin qui me manquait jusque-là, sans que j'en eusse le moindre soupçon.

A mon retour au logis, ce sont les cris de ma gouvernante, qui m'accuse de crever toutes mes poches et d'emplir la maison de vieux papiers qui attirent les rats. Thérèse est sage en cela, et c'est justement parce qu'elle est sage que je ne l'écoute pas; car, malgré ma mine tranquille, j'ai toujours préféré la folie des passions à la sagesse de l'indifférence. Mais parce que mes passions ne sont point de celles qui éclatent, dévastent et tuent, le vulgaire ne les voit pas. Elles m'agitent pourtant, et il m'est arrivé plus d'une fois de perdre le sommeil pour quelques pages écrites par un moine oublié ou imprimées par un humble apprenti de Pierre Schœffer. Et si ces belles ardeurs s'éteignent en moi, c'est que je m'éteins lentement moi-même. Nos passions, c'est nous. Mes bouquins, c'est moi. Je suis vieux et racorni comme eux.

Un vent léger balaye avec la poussière de la chaussée les graines ailées des platanes et les brins de foin échappés à la bouche des chevaux. Ce n'est rien que cette poussière, mais en la voyant s'envoler, je me rappelle que dans mon enfance je regardais tourbillonner une poussière pareille; et mon âme de vieux Parisien en est tout émue. Tout ce que je découvre de ma fenêtre, cet horizon qui s'étend à ma gauche jusqu'aux collines de Chaillot et qui me laisse apercevoir l'Arc de Triomphe comme un dé de pierre, la Seine, fleuve de gloire, et ses ponts, les tilleuls de la terrasse des Tuileries, le Louvre de la Renaissance, ciselé comme un joyau; à ma droite, du côté du Pont-Neuf, le vieux et vénérable Paris avec ses tours et ses flèches, tout cela c'est ma vie, c'est moi-même, et je ne serais rien sans ces choses qui se reflètent en moi avec les mille nuances de ma pensée et m'inspirent et m'animent. C'est pourquoi j'aime Paris d'un immense amour.

Et pourtant je suis las, et je sens qu'on ne peut se reposer au sein de cette ville qui pense tant, qui m'a appris à penser et qui m'invite sans cesse à penser. Comment n'être point agité au milieu de ces livres qui sollicitent sans cesse ma curiosité et la fatiguent sans la satisfaire? Tantôt, c'est une date qu'il faut chercher, tantôt un lieu qu'il importe de déterminer précisément ou quelque vieux terme dont il est intéressant de connaître le vrai sens. Des mots? — Eh! oui, des mots. Philologue, je suis leur souverain; ils sont mes sujets, et je leur donne, en bon roi, ma vie entière. Ne pourrai-je abdiquer un jour? Je devine qu'il y a quelque part, loin d'ici, à l'orée d'un bois, une maisonnette où je trouverais le calme dont j'ai besoin, en attendant qu'un plus grand calme, irrévocable celui-là, m'enveloppe tout entier. Je rêve un banc sur le seuil et des champs à perte de vue. Mais il faudrait qu'un frais visage sourît près de moi pour refléter et concentrer toute cette fraîcheur; je me croirais grand-père et tout le vide de ma vie serait comblé.

6 juin.

— Thérèse, ma cravate! Ne savez-vous pas, malheureuse, que c'est aujourd'hui le premier jeudi de juin et que mademoiselle Jeanne m'attend? La maîtresse du pensionnat a dû faire cirer à point le plancher du parloir; je suis sûr qu'on s'y mire à l'heure qu'il est et ce sera une distraction pour moi quand je m'y romprai les os, ce qui ne peut tarder, d'y voir comme dans une glace ma triste figure. Voyez ce beau soleil. Les quais en sont tout dorés et la Seine sourit par d'innombrables petites rides étincelantes. La ville est d'or; une poussière blonde et dorée flotte sur ses beaux contours comme une chevelure... Thérèse, ma cravate!... Ah! je comprends aujourd'hui le bonhomme Chrysale qui serrait ses rabats dans un gros Plutarque. A son exemple je mettrai désormais toutes mes cravates entre les feuillets des *Acta sanctorum*.

Thérèse me laissait dire et cherchait en silence. J'entendis qu'on sonnait doucement à notre porte.

— Thérèse, dis-je, on sonne. Donnez-moi ma cravate et allez ouvrir; ou bien allez ouvrir et, avec l'aide du ciel, vous me donnerez ensuite ma cravate. Mais ne restez pas ainsi, je vous en prie, entre ma commode et notre porte comme une haquenée, si j'ose dire, entre deux selles.

Thérèse marcha vers la porte comme à l'ennemi. Mon excellente gouvernante est devenue avec l'âge très inhospitalière. L'étranger lui est suspect. A l'entendre, cette disposition procède d'une longue expérience des hommes. Je n'eus pas le temps de considérer si la même expérience faite sur un autre expérimentateur donnerait le même résultat. Maître Mouche m'attendait dans mon cabinet.

Maître Mouche est encore plus jaune que je n'avais cru. Il a des lunettes bleues et ses prunelles trottent dessous comme des souris derrière un paravent.

Maître Mouche s'excuse d'être venu me déranger dans un moment... Il ne caractérise pas ce moment, mais je pense qu'il veut dire un moment où je n'ai pas de cravate. Ce n'est pas de ma faute, comme vous savez. Maître Mouche, qui n'en sait rien, n'en paraît, d'ailleurs, nullement offensé. Il craint seulement d'être importun. Je le rassure à demi. Il me dit que c'est comme tuteur de mademoiselle Alexandre qu'il est venu causer avec moi. Tout d'abord il m'invite à ne tenir aucun compte des restrictions qu'il a cru devoir apporter primitivement à l'autorisation à nous accordée de voir mademoiselle Jeanne dans son pensionnat. Désormais l'établissement de mademoiselle Préfère me serait ouvert tous les jours, de midi à quatre heures. Sachant l'intérêt que je porte à cette jeune fille, il croit de son devoir de me renseigner sur la personne à laquelle il a confié sa pupille. Mademoiselle Préfère, qu'il connaît depuis longtemps, est en possession de toute sa confiance. Mademoiselle Préfère est, selon lui, une personne éclairée, de bon conseil et de bonnes mœurs.

— Mademoiselle Préfère, me dit-il, a des principes ; et c'est chose rare, monsieur, par le temps qui court. Tout est bien changé, actuellement, et cette époque ne vaut pas les précédentes.

— Témoin mon escalier, monsieur, répondis-je ; il se laissait monter, il y a vingt-cinq ans, le plus aisément du monde, et maintenant il m'essouffle et me rompt les jambes dès les premières marches. Il s'est gâté. Il y a aussi les journaux et les livres que jadis je dévorais sans résistance au clair de la lune et qui, aujourd'hui, par le plus beau soleil, se moquent de ma curiosité et ne me montrent que du blanc et du noir, quand je n'ai point de lunettes. La goutte me travaille les membres. C'est là encore une des malices du temps.

— Non seulement cela, monsieur, me répondit gravement maître Mouche; mais ce qu'il y a de réellement mauvais dans notre époque, c'est que personne n'est content de sa position. Il règne du haut en bas de la société, dans toutes les classes, un malaise, une inquiétude, une soif de bien-être.

— Mon Dieu! monsieur, répondis-je; croyez-vous que cette soif de bien-être soit un signe des temps? Les hommes n'ont eu à aucune époque l'appétit du malaise. Ils ont toujours cherché à améliorer leur état. Ce constant effort a produit de constantes révolutions. Il continue, voilà tout!

— Ah! monsieur, me répondit maître Mouche, on voit bien que vous vivez dans vos livres, loin des affaires! Vous ne voyez pas, comme moi, les conflits d'intérêt, les luttes d'argent. C'est du grand au petit la même effervescence. On se livre à une spéculation effrénée. Ce que je vois m'épouvante.

Je me demandais si maître Mouche n'était venu chez moi que pour m'exprimer sa misanthropie vertueuse; mais j'entendis des paroles plus consolantes sortir de ses lèvres. Maître Mouche me présentait mademoiselle Préfère comme une personne digne de respect, d'estime et de sympathie, pleine d'honneur, capable de dévouement, instruite, discrète, lisant bien à haute voix, pudique et sachant poser des vésicatoires. Je compris alors qu'il ne m'avait fait une peinture si sombre de la corruption universelle qu'afin de faire mieux ressortir, par le contraste, les vertus de l'institutrice. J'appris que l'établissement de la rue Demours était bien achalandé, lucratif et en possession de l'estime publique. Maître Mouche, pour confirmer ses déclarations, étendit sa main gantée de laine noire. Puis il ajouta :

— Je suis à même, par ma profession, de connaître le monde. Un notaire est un peu un confesseur. J'ai cru de mon devoir, monsieur, de vous apporter ces bons renseignements au moment où un heureux hasard vous a mis en rapport avec mademoiselle Préfère. Je n'ai qu'un mot à ajouter : cette demoiselle, qui ignore complètement la démarche que je fais près de vous, m'a parlé l'autre jour de vous en termes profondément sympathiques. Je les affaiblirais en les répétant et je ne pourrais d'ailleurs les redire sans trahir en quelque sorte la confiance de mademoiselle Préfère.

— Ne la trahissez pas, monsieur, répondis-je, ne la trahissez pas. A vous dire vrai, j'ignorais que mademoiselle Préfère me connût le moins du monde. Toutefois, puisque vous avez sur elle l'influence d'une ancienne amitié, je profiterai monsieur, de vos bonnes dispositions à mon égard pour vous prier d'user de votre crédit auprès de votre amie en faveur de mademoiselle Jeanne Alexandre. Cette enfant, car c'est une enfant, est surchargée de travail. A la fois élève et maîtresse, elle se fatigue beaucoup. De plus on la punit avec une puérilité dégoûtante, et c'est une nature généreuse que les humiliations pousseraient à la révolte.

— Hélas ! me répondit maître Mouche, il faut bien la préparer à la vie. On n'est pas sur la terre pour s'amuser et pour faire ses quatre cents volontés.

— On est sur la terre, répondis-je vivement, pour se plaire dans le beau et dans le bien et pour faire ses quatre cents volontés quand elles sont nobles, spirituelles et généreuses. Une éducation qui n'exerce pas les volontés est une éducation qui déprave les âmes. Il faut que l'instituteur enseigne à vouloir.

Je crus voir que maître Mouche m'estimait un pauvre homme. Il reprit avec beaucoup de calme et d'assurance :

— Songez, monsieur, que l'éducation des pauvres doit être faite avec beaucoup de circonspection et en vue de l'état de dépendance qu'ils doivent avoir dans la société. Vous ne savez peut-être pas que Noël Alexandre est mort insolvable, et que sa fille est élevée presque par charité.

— Oh! monsieur, m'écriai-je, ne le disons pas. Le dire c'est se payer et ce ne serait plus vrai.

— Le passif de la succession, poursuivit le notaire, excédait l'actif. Mais j'ai pris des arrangements avec les créanciers, dans l'intérêt de la mineure.

Il m'offrit de me donner des explications détaillées; je les refusai, étant incapable de comprendre les affaires en général, et celles de maître Mouche en particulier. Le notaire s'appliqua de nouveau à justifier le système d'éducation de mademoiselle Préfère et me dit en manière de conclusion :

— On n'apprend pas en s'amusant.

— On n'apprend qu'en s'amusant, répondis-je. L'art d'enseigner n'est que l'art d'éveiller la curiosité des jeunes âmes pour la satisfaire ensuite, et la curiosité n'est vive et saine que dans les esprits heureux. Les connaissances qu'on entonne de force dans les intelligences les bouchent et les étouffent. Pour digérer le savoir il faut l'avoir avalé avec appétit. Je connais Jeanne. Si cette enfant m'était confiée, je ferais d'elle, non pas une savante, car je lui veux du bien, mais une enfant brillante d'intelligence et de vie et en laquelle toutes les belles choses de la nature et de l'art se refléteraient avec un doux éclat. Je la ferais vivre en sympathie avec les beaux paysages, avec les scènes idéales de la poésie et de l'histoire, avec la musique noblement émue. Je lui rendrais aimable tout ce que je voudrais lui faire aimer. Il n'est pas jusqu'aux travaux d'aiguille que je ne rehausserais par le choix des tissus, le goût des broderies et le style des guipures. Je lui donnerais un beau chien et un poney pour lui enseigner à gouverner des créatures ; je lui donnerais des oiseaux à nourrir pour lui apprendre le prix d'une goutte d'eau et d'une miette de pain. Afin de lui créer une joie de plus, je voudrais qu'elle fût charitable avec allégresse. Et puisque la douleur est inévitable, puisque la vie est pleine de misères, je lui enseignerais cette sagesse chrétienne qui nous élève au-dessus de toutes les misères et donne une beauté à la douleur même. Voilà comment j'entends l'éducation d'une jeune fille !

— Je m'incline, répondit maître Mouche en joignant ses deux gants de laine noire.

Et il se leva.

— Vous entendez bien, lui dis-je en le reconduisant, que je ne prétends pas imposer à mademoiselle Préfère mon système d'éducation, qui est tout intime et parfaitement incompatible avec l'organisation des pensionnats les mieux tenus. Je vous supplie seulement de lui persuader de donner moins de travail et plus de récréations à Jeanne, de ne la punir que dans les cas de nécessité et de lui accorder autant de liberté d'esprit et de corps qu'en comporte le règlement de l'institution.

C'est avec un sourire pâle et mystérieux que maître Mouche m'assura que mes observations seraient prises en bonne part et qu'on en tiendrait grand compte.

Là-dessus, il me fit un petit salut et sortit, me laissant dans un certain état de trouble et de malaise. J'ai pratiqué dans ma vie des personnes de diverses sortes, mais aucune qui ressemble à ce notaire ou à cette institutrice.

6 juillet.

J'ai trouvé Jeanne tout heureuse. Elle m'a conté que, jeudi dernier, après la visite de son tuteur, mademoiselle Préfère l'avait affranchie du règlement et allégée de divers travaux. Depuis ce bienheureux jeudi, elle se promène librement dans le jardin qui ne manque que de fleurs et de feuilles; elle a même des facilités pour travailler à son malheureux petit saint-Georges.

Elle me dit en souriant :

— Je sais bien que c'est à vous que je dois tout cela.

Je lui parlai d'autre chose, mais je remarquai qu'elle ne m'écoutait pas aussi bien qu'elle aurait voulu.

— Je vois que quelque idée vous occupe, lui dis-je; parlez-moi de cela, ou nous ne dirons rien qui vaille, ce qui ne sera digne ni de vous ni de moi.

Elle me répondit :

— Oh! je vous écoutais bien, monsieur; mais il est vrai que je pensais à quelque chose. Vous me pardonnerez, n'est-ce pas? Je pensais qu'il faut que mademoiselle Préfère vous aime beaucoup pour être devenue tout d'un coup si bonne avec moi.

Et elle me regarda d'un air à la fois souriant et effaré qui me fit rire.

— Cela vous étonne? dis-je.

— Beaucoup, me répondit-elle.

— Pourquoi, s'il vous plaît?

— Parce que je ne vois pas du tout, du tout, mais là!...

pas du tout de raisons pour que vous plaisiez à mademoiselle Préfère.

— Vous me croyez donc bien déplaisant, Jeanne?

Elle mordilla ses lèvres, comme pour les punir d'avoir remué à tort, puis elle reprit d'un ton câlin, en me faisant de gros yeux doux, des yeux de caniche :

— Je sens bien que j'ai dit une bêtise, mais en vérité je ne vois aucune raison pour que vous plaisiez à mademoiselle Préfère. Et pourtant vous lui plaisez beaucoup, beaucoup. Elle m'a fait appeler et m'a fait toutes sortes de questions sur vous.

— En vérité?

— Oui, elle voulait connaître votre intérieur. Imaginez-vous qu'elle m'a demandé l'âge de votre bonne!

Et Jeanne éclata de rire.

— Eh bien, lui dis-je, qu'en pensez-vous?

Elle garda longtemps les yeux fixés sur le drap usé de ses bottines et elle semblait absorbée par une méditation profonde. Enfin, relevant la tête :

— Je me défie, dit-elle. Il est bien naturel, n'est-ce pas, qu'on soit inquiète de ce qu'on ne comprend pas. Je sais bien que je suis une étourdie, mais j'espère que vous ne m'en voulez pas.

— Non, certes, Jeanne, je ne vous en veux pas.

J'avoue que sa surprise me gagnait et je remuais dans ma vieille tête cette pensée de la jeune fille : On est inquiet de ce qu'on ne comprend pas.

Mais, prise d'un nouvel excès de gaîté, elle s'écria :

— Elle m'a demandé... devinez : je vous le donne en cent, je vous le donne en mille. Vous donnez votre langue aux chats? Elle m'a demandé si vous aimiez la bonne chère.

— Et comment avez-vous reçu, Jeanne, cette averse d'interrogations?

— J'ai répondu : Je ne sais pas, mademoiselle. Et mademoiselle m'a dit : Vous êtes une petite sotte. Les moindres détails de la vie d'un homme supérieur doivent être remarqués. Sachez, mademoiselle, que M. Sylvestre Bonnard est une des gloires de la France.

— Peste! m'écriai-je. Et qu'en pensez-vous, mademoiselle?

— Je pense que mademoiselle Préfère avait raison. Mais je ne tiens pas... (c'est mal, ce que je vais vous dire) je ne tiens pas du tout, du tout, du tout à ce que mademoiselle Préfère ait raison en quoi que ce soit.

— Eh bien! soyez satisfaite, Jeanne : mademoiselle Préfère n'avait pas raison.

— Si! Si! elle avait bien raison. Mais je voulais aimer tous ceux qui vous aiment, tous sans exception, et je ne le peux plus, car il ne me sera jamais possible d'aimer mademoiselle Préfère.

— Jeanne, écoutez-moi, répondis-je gravement, mademoiselle Préfère est devenue bonne avec vous, soyez bonne avec elle.

Elle répliqua d'un ton sec :

— Il est très facile à mademoiselle Préfère d'être bonne avec moi; et il me serait très difficile d'être bonne avec elle.

C'est en donnant plus de gravité encore à mon langage que je repris :

— Mon enfant, l'autorité des maîtres est sacrée. Votre maîtresse de pension représente auprès de vous la mère que vous avez perdue.

A peine avais-je dit cette solennelle bêtise que je m'en

repentis cruellement. L'enfant pâlit, ses yeux se gonflèrent.

— Oh! monsieur! s'écria-t-elle, comment pouvez-vous dire une chose pareille, vous? Vous n'avez pas connu maman.

Oui, juste ciel, je l'avais connue, sa maman! Et comment, en effet, avais-je pu dire cela?

Elle répétait :

— Maman! ma chère maman! ma pauvre maman!

Le hasard m'empêcha d'être sot jusqu'au bout. Je ne sais comment il se fit que j'eus l'air de pleurer. On ne pleure plus à mon âge. Il faut qu'une toux maligne m'ait tiré des larmes des yeux. Enfin, c'était à s'y tromper. Jeanne s'y trompa. Oh! quel pur, quel radieux sourire brilla alors sous ses beaux cils mouillés, comme du soleil dans les branches après une pluie d'été! Nous nous prîmes les mains, et nous restâmes longtemps sans nous rien dire, heureux.

— Mon enfant, dis-je enfin, je suis très vieux et bien des secrets de la vie, que vous découvrirez peu à peu, me sont révélés. Croyez-moi : l'avenir est fait du passé. Tout ce que vous ferez pour bien vivre ici, sans révolte et sans amertume, vous servira à vivre un jour en paix et en joie dans votre maison. Soyez douce et sachez souffrir. Quand on souffre bien on souffre moins. S'il vous arrive un jour d'avoir un vrai sujet de plainte, je serai là pour vous entendre. Si vous êtes offensée, madame de Gabry et moi nous le serons avec vous.

— Votre santé est-elle tout à fait bonne, cher monsieur?

C'était mademoiselle Préfère, venue en tapinois, qui me faisait cette question accompagnée d'un sourire. Ma première pensée fut de l'envoyer à tous les diables, la seconde de constater que sa bouche était faite pour sourire comme une casserole pour jouer du violon, la troisième fut de lui rendre sa politesse et de lui dire que j'espérais qu'elle se portait bien.

Elle envoya la jeune fille se promener dans le jardin; puis, une main sur sa pèlerine et l'autre étendue vers le tableau d'honneur, elle me montra le nom de Jeanne Alexandre écrit en ronde en tête de la liste.

— Je vois avec un sensible plaisir, lui dis-je, que vous êtes satisfaite de la conduite de cette enfant. Rien ne peut m'être plus agréable, et je suis porté à attribuer cet heureux résultat à votre affectueuse vigilance. J'ai pris la liberté de vous faire envoyer quelques livres qui peuvent intéresser et instruire des jeunes filles. Vous jugerez, après y avoir jeté les yeux, si vous devez les communiquer à mademoiselle Alexandre et à ses compagnes.

La reconnaissance de la maîtresse de pension alla jusqu'à l'attendrissement et s'étendit en paroles. Pour y couper court :

— Il fait bien beau aujourd'hui, dis-je.

— Oui, me répondit-elle, et, si cela continue, ces chères enfants auront un beau temps pour prendre leurs ébats.

— Vous voulez sans doute parler des vacances. Mais mademoiselle Alexandre, qui n'a plus de parents, ne sortira pas d'ici. Que fera-t-elle, mon Dieu, dans cette grande maison vide?

— Nous lui donnerons le plus de distractions que nous pourrons. Je la conduirai dans les musées et...

Elle hésita, puis en rougissant :

—... et chez vous, si vous le permettez.

— Comment donc! m'écriai-je. Mais voilà une excellente idée.

Nous nous quittâmes fort amis l'un de l'autre. Moi d'elle, parce que j'avais obtenu ce que je souhaitais; elle de moi, sans motif appréciable, ce qui, selon Platon, la met au plus haut degré de la hiérarchie des âmes.

Pourtant, c'est avec de mauvais pressentiments que j'introduis cette personne chez moi. Et je voudrais bien que Jeanne fût en d'autres mains que les siennes. Maître Mouche et mademoiselle Préfère sont des esprits qui passent le mien. Je ne sais jamais pourquoi ils disent ce qu'ils disent, ni pourquoi ils font ce qu'ils font; il y a en eux un fond mystérieux qui me trouble. Comme Jeanne me le disait tout à l'heure : on est inquiet de ce qu'on ne comprend pas.

Hélas! à mon âge on sait trop combien la vie est peu innocente; on sait trop ce qu'on perd à durer en ce monde et l'on n'a de confiance qu'en la jeunesse.

16 août.

Je les attendais. Vraiment, je les attendais avec impatience. Pour amener Thérèse à les bien accueillir, j'ai employé tout mon art d'insinuer et de plaire, mais c'est peu. Elles vinrent. Jeanne était, ma foi! toute pimpante. Ce n'est point sa mère, assurément. Mais aujourd'hui, pour la première fois, je m'aperçus qu'elle avait une physionomie agréable, chose qui, en ce monde, est fort utile à une femme. Je crois que son chapeau était un peu de travers, mais elle souriait, et la cité des livres en fut tout égayée.

J'observai Thérèse pour voir si ses rigueurs de vieille gardienne s'adoucissaient à la vue de la jeune fille. Je la vis arrêter sur Jeanne ses yeux ternes, sa face à longues peaux, sa bouche creuse, son menton pointu de vieille fée puissante. Et ce fut tout.

Mademoiselle Préfère, de bleu vêtue, avançait, reculait, sautillait, trottinait, s'écriait, soupirait, baissait les yeux, levait les yeux, se confondait en politesses, n'osait pas, osait, n'osait plus, osait encore, faisait la révérence, bref, un manège.

— Que de livres! s'écria-t-elle. Et vous les avez tous lus, monsieur Bonnard?

— Hélas! oui, répondis-je, et c'est pour cela que je ne sais rien du tout, car il n'y a pas un de ces livres qui n'en démente un autre, en sorte que, quand on les connaît tous, on ne sait que penser. J'en suis là, madame.

Là-dessus, elle appela Jeanne pour lui communiquer ses impressions. Mais Jeanne regardait par la fenêtre :

— Que c'est beau! nous dit-elle. J'aime tant voir couler la rivière. Cela fait penser à toutes sortes de choses.

Mademoiselle Préfère ayant ôté son chapeau et découvert un front agrémenté de boucles blondes, ma gouvernante empoigna fortement le chapeau en disant qu'elle n'aimait pas à voir traîner les hardes sur les meubles. Puis elle s'approcha de Jeanne et lui demanda ses « nippes » en l'appelant sa petite demoiselle. La petite demoiselle, lui donnant son mantelet et son chapeau, dégagea un cou gracieux et une taille ronde dont les contours se détachaient nettement sur la grande lumière de la fenêtre, et j'aurais souhaité qu'elle fût vue en ce moment par toute autre personne qu'une vieille servante, une maîtresse de pension frisée comme un agneau et un bonhomme d'archiviste paléographe.

— Vous regardez la Seine, lui dis-je; elle étincelle au soleil.

— Oui, répondit-elle, accoudée à la barre d'appui. On dirait une flamme qui coule. Mais voyez là-bas comme elle semble fraîche sous les saules de la berge qu'elle reflète. Ce petit coin-là me plaît mieux que tout le reste.

— Allons! répondis-je, je vois que la rivière vous tente. Que diriez-vous si, avec l'agrément de mademoiselle Préfère, nous allions à Saint-Cloud par le bateau à vapeur que nous ne manquerons pas de trouver en aval du Pont-Royal?

Jeanne était très contente de mon idée et mademoiselle Préfère résolue à tous les sacrifices. Mais ma gouvernante n'entendait pas nous laisser partir ainsi. Elle me conduisit dans la salle à manger où je la suivis en tremblant.

— Monsieur, me dit-elle, quand nous fûmes seuls, vous ne pensez jamais à rien et il faut que ce soit moi qui songe à tout. Heureusement que j'ai bonne mémoire.

Je ne jugeai pas opportun d'ébranler cette illusion téméraire. Elle poursuivit :

— Ainsi! vous vous en alliez sans me dire ce qui plaît à la petite demoiselle? A cet âge-là, on est bête, on n'aime rien, on mange comme un oiseau. Vous êtes bien difficile à contenter, vous, monsieur, mais au moins vous savez ce qui est bon. Ce n'est pas comme ces jeunesses. Elles ne se connaissent pas en cuisine. C'est souvent le meilleur qu'elles trouvent le pire et le mauvais qui leur semble bon, à cause du cœur qui n'est pas encore bien assuré à sa place, tant et si bien qu'on ne sait que faire avec elles. Dites-moi si la petite demoiselle aime les pigeons aux petits pois et la crème à la vanille.

— Ma bonne Thérèse, répondis-je, faites à votre gré, et ce sera très bien. Ces dames sauront se contenter de notre modeste ordinaire.

Thérèse reprit sèchement :

— Monsieur, je vous parle de la petite demoiselle ; il ne faut pas qu'elle s'en aille de la maison sans avoir un peu profité. Quant à la vieille frisée, si mon dîner ne lui convient pas, elle pourra bien se sucer les pouces. Je m'en moque.

Je retournai l'âme en repos dans la cité des livres, où mademoiselle Préfère travaillait au crochet si tranquillement qu'on eût dit qu'elle était chez elle. Je faillis le croire moi-même. Elle tenait peu de place, il est vrai, au coin de la fenêtre. Mais elle avait si bien choisi sa chaise et son tabouret, que ces meubles semblaient faits pour elle.

Jeanne, au contraire, donnait aux livres et aux tableaux un bon regard expressif, presque triste, qui semblait un affectueux adieu.

— Tenez, lui dis-je ; amusez-vous à feuilleter ce livre, qui ne peut manquer de vous plaire, car il contient de belles gravures. Et j'ouvris devant elle le recueil des costumes de Vecellio ; non pas, s'il vous plaît, la banale copie maigrement exécutée par des artistes modernes, mais bien un magnifique et vénérable exemplaire de l'édition princeps, laquelle est noble à l'égal des nobles dames qui figurent sur ses feuillets jaunis et embellis par le temps.

En feuilletant les gravures avec une naïve curiosité, Jeanne me dit :

— Nous parlions de promenade, mais c'est un voyage que vous me faites faire. Je voudrais aller loin, bien loin !

— Eh bien, mademoiselle, lui dis-je, il faut s'arranger commodément pour voyager. Vous êtes assise sur un coin de votre chaise que vous faites tenir sur un seul pied, et le Vecellio doit vous fatiguer les genoux. Asseyez-vous pour de bon, mettez votre chaise d'aplomb et posez votre livre sur la table.

Elle m'obéit en riant.

Je la regardais. Elle s'écria :

— Venez voir le beau costume (c'était celui d'une dogaresse). Que c'est noble et quelles magnifiques idées cela donne! je vais vous dire : j'adore le luxe.

— Il ne faut pas exprimer de semblables pensées, mademoiselle, dit la maîtresse de pension, en levant de dessus son ouvrage un petit nez informe.

— C'est pourtant bien innocent, répondis-je. Il y a des âmes de luxe qui ont le goût inné des formes luxueuses.

Le petit nez informe se rabattit aussitôt.

— Mademoiselle Préfère aime le luxe aussi, dit Jeanne; elle découpe des transparents de papier pour les lampes. C'est du luxe économique, mais c'est du luxe tout de même.

Retournés à Venise, nous faisions la connaissance d'une patricienne vêtue d'une dalmatique brodée, quand j'entendis la sonnette. Je crus que c'était quelque patronnet avec sa manne, mais la porte de la cité des livres s'ouvrit et... Tu souhaitais tout à l'heure, maître Sylvestre Bonnard, que d'autres yeux que des yeux lunettés et desséchés vissent ta protégée dans sa grâce; tes souhaits sont comblés de la façon la plus inattendue. Et comme à l'imprudent Thésée, une voix te dit :

Craignez, Seigneur, craignez que le Ciel rigoureux
Ne vous haïsse assez pour exaucer vos vœux.
Souvent dans sa colère il reçoit nos victimes,
Ses présents sont souvent la peine de nos crimes.

La porte de la cité des livres s'ouvrit et un beau jeune homme parut, introduit par Thérèse. Cette vieille âme simple ne sait qu'ouvrir ou fermer la porte aux gens; elle n'entend rien aux finesses de l'antichambre et du salon. Il n'est dans ses mœurs ni d'annoncer ni de faire attendre. Elle jette les gens sur le palier ou bien elle vous les pousse à la tête.

Voilà donc le beau jeune homme tout amené et je ne puis vraiment pas l'aller cacher de suite, comme un trésor, dans la pièce voisine. J'attends qu'il s'explique ; il le fait sans embarras, mais il me semble qu'il a remarqué la jeune fille qui, penchée sur la table, feuillette le Vecellio. Il se nomme Gélis. Il me dit qu'il est en troisième année à l'école des chartes, et qu'il prépare depuis quinze ou dix-huit mois sa thèse de sortie dont le sujet est l'état des abbayes bénédictines en 1700. Il vient de lire mes travaux sur le *Monasticon* et il est persuadé qu'il ne peut mener sa thèse à bonne fin sans mes conseils, d'abord, et sans un certain manuscrit que j'ai en ma possession et qui n'est autre que le registre des comptes de l'abbaye de Cîtaux de 1683 à 1704.

M'ayant édifié sur ces points, il me remet une lettre de recommandation signée du nom du plus illustre de mes collègues.

— Monsieur, dis-je, en pliant la lettre, je suis heureux de pouvoir vous être utile. Vous vous occupez de recherches qui m'ont moi-même bien vivement intéressé. J'ai fait ce que j'ai pu. Je sais comme vous — et mieux encore que vous — combien il reste à faire. Le manuscrit que vous me demandez est à votre disposition ; vous pouvez l'emporter, mais il n'est pas des plus petits et je crains...

— Ah ! monsieur, me dit Gélis, les gros livres ne me font pas peur.

Je priai le jeune homme de m'attendre et j'allai dans un cabinet voisin chercher le registre, que je ne trouvai pas d'abord et que je désespérai même de trouver quand je reconnus, à des signes certains, que Thérèse avait mis de l'ordre dans le cabinet. Mais le registre était si grand et si gros que Thérèse n'était pas parvenue à le ranger assez complètement. Je le soulevai avec peine et j'eus la joie de le trouver pesant à souhait.

Quand je rentrai dans la cité des livres, j'entendis Gélis et mademoiselle Jeanne causer ensemble, s'il vous plaît, comme les meilleurs amis du monde. Mademoiselle Préfère, pleine de retenue, ne disait rien, mais les deux autres jasaient comme des oiseaux. Et de quoi? Du blond vénitien! Oui, du blond vénitien! Ce petit serpent de Gélis donnait à Jeanne, d'après les textes authentiques, le secret de la teinture dont les femmes de Titien et de Véronèse trempaient leur chevelure. Et mademoiselle Jeanne donnait gentiment son avis sur le blond de miel et le blond d'or. Je devinai que ce coquin de Vecellio était de l'affaire, qu'on s'était penché sur le livre et qu'on avait admiré ensemble la dogaresse de tantôt ou quelque autre patricienne de Venise.

N'importe! Je parus avec mon énorme bouquin, pensant que Gélis ferait la grimace. C'était la charge d'un commissionnaire et j'en avais les bras endoloris. Mais le jeune homme le souleva comme une plume et le mit sous son bras en souriant. Puis il me remercia avec cette brièveté que j'estime, me rappela qu'il avait besoin de mes conseils et, ayant pris jour pour un nouvel entretien, partit en nous saluant tous le plus aisément du monde.

— Il est gentil, ce garçon, dis-je.

Jeanne tourna quelques feuillets du Vecellio et ne répondit pas.

Hé! Hé! pensai-je....

Et nous allâmes à Saint-Cloud.

Septembre-Décembre.

Les visites au bonhomme se sont succédé avec une exactitude dont je suis profondément reconnaissant à mademoiselle Préfère, qui a fini par avoir son coin attitré dans la cité des livres. Elle dit maintenant : ma chaise, mon tabouret, mon casier. Son casier est une tablette dont elle a expulsé les poètes champenois pour loger son sac à ouvrage. Elle est bien aimable et il faut que je sois un monstre pour ne pas l'aimer. Je la souffre dans toute la rigueur du mot. Mais que ne souffrirait-on pas pour Jeanne? Elle donne à la cité des livres un charme dont je goûte le souvenir quand elle est partie. Elle est parfaitement ignorante, mais si bien douée que, quand je veux lui montrer une belle chose, il se trouve que je ne l'avais jamais vue et que c'est elle qui me la fait voir. Il m'a été jusqu'ici impossible de lui faire suivre mes idées, mais j'ai souvent pris plaisir à suivre le spirituel caprice des siennes.

Un homme plus sensé que moi songerait à la rendre utile. Mais n'est-il point utile dans la vie d'être aimable? Sans être jolie, elle charme. Charmer, cela sert autant, peut-être, que de ravauder des bas. D'ailleurs je ne suis pas immortel et elle ne sera sans doute pas encore très vieille quand mon notaire (qui n'est point maître Mouche) lui lira certain papier que j'ai signé tantôt.

Je n'entends pas qu'un autre que moi la pourvoie et la dote; je ne suis pas moi-même bien riche et l'héritage paternel ne s'est pas accru dans mes mains. On n'amasse pas des écus à compulser de vieux textes. Mais mes livres, au prix où se vend aujourd'hui cette noble denrée, valent quelque chose.

Maître Bonnard, tu es un vieux fou. Ta gouvernante, la pauvre créature, est aujourd'hui clouée dans son lit par un rhumatisme rigoureux. Jeanne doit venir avec son chaperon et, au lieu d'aviser à les recevoir, tu songes à mille sottises. Sylvestre Bonnard, tu n'arriveras jamais à rien, c'est moi qui te le dis.

Et précisément, je les vois de ma fenêtre qui descendent de l'omnibus. Jeanne saute comme une chatte et mademoiselle Préfère se confie au bras robuste du conducteur avec les grâces pudiques d'une Virginie réchappée du naufrage et résignée cette fois à se laisser sauver. Jeanne lève la tête, me voit, rit, et c'est mademoiselle Préfère qui l'empêche d'agiter son ombrelle en signal d'amitié. Il y a un degré de civilisation auquel on n'amènera jamais mademoiselle Jeanne. Vous lui apprendrez, si vous voulez, tous les arts (ce n'est pas précisément à mademoiselle Préfère que je m'adresse en ce moment), mais vous ne lui enseignerez jamais toutes les manières. Elle a le tort, étant agréable, de l'être à sa façon. Il faut être un vieux fou comme moi pour pardonner cela. Quant aux jeunes fous (il s'en trouve encore), je ne sais ce qu'ils en penseront, ce n'est pas mon affaire. La voyez-vous qui file sur le trottoir serrée dans son manteau, le chapeau en arrière, plume au vent, comme un brick pavoisé? Et véritablement elle a l'allure svelte et fière d'un fin voilier, si bien qu'elle me rappelle qu'un jour, étant au Havre.... Mais faut-il te répéter, Bonnard mon ami, que ta gouvernante est au lit et que tu dois aller ouvrir toi-même ta porte?

Ouvre, bonhomme Hiver... c'est le Printemps qui sonne.

C'est Jeanne, en effet, Jeanne toute rose. Il s'en faut d'un étage que mademoiselle Préfère, essoufflée et indignée, atteigne le palier.

J'expliquai l'état de ma gouvernante et proposai un dîner au restaurant. Mais Thérèse, toute puissante encore sur son lit de douleur, déclara qu'il fallait dîner à la maison. Les honnêtes gens, à son avis, ne dînaient pas au restaurant. D'ailleurs, elle avait tout prévu. Le dîner était acheté; la concierge le cuirait.

L'audacieuse Jeanne voulut aller voir si la vieille malade n'avait besoin de rien. Comme bien vous pensez, elle fut lestement renvoyée au salon, mais pas avec tant de rudesse que j'avais lieu de le craindre.

— Si j'ai besoin de me faire servir, ce qu'à Dieu ne plaise! lui fut-il répondu, je trouverai quelqu'un de moins mignon que vous. Il me faut du repos. C'est une marchandise dont vous ne tenez pas boutique à la foire, sous l'enseigne de Motus-un-doigt-sur-la-bouche. Allez rire et ne restez pas ici, de peur que la vieillesse ne se gagne.

Jeanne, nous ayant rapporté ces paroles, ajouta qu'elle aimait beaucoup le langage de la vieille Thérèse. Sur quoi elle prit un visage suppliant et me demanda la faveur de mettre un tablier blanc et d'aller à la cuisine s'occuper du dîner.

— Jeanne, répondis-je avec la gravité d'un maître, je crois que, s'il s'agit de briser les assiettes, d'ébrécher les plats, de bosseler les casseroles et de défoncer les bouillottes, la créature quelconque que Thérèse a placée dans la cuisine suffira à sa tâche, car il me semble entendre en ce moment dans la cuisine des bruits désastreux. Toutefois, je vous prépose, Jeanne, à la confection du dessert. Allez chercher un tablier blanc; je vous le ceindrai moi-même.

En effet, je lui nouai solennellement le tablier de toile à la taille et elle s'élança dans la cuisine où elle procéda, comme nous le sûmes plus tard, à des préparations inconnues à Vatel.

Je n'eus pas à me louer de ce petit arrangement, car mademoiselle Préfère, restée seule avec moi, prit des allures terriblement inquiétantes. Elle me regarda avec des yeux pleins de larmes et de flammes et poussa d'énormes soupirs.

— Je vous plains, me dit-elle, un homme comme vous, un homme d'élite, vivre seul avec une grossière servante! (car elle est grossière, cela est incontestable). Quelle cruelle existence! Vous avez besoin de repos, de ménagements, d'égards, de soins de toute sorte; vous pouvez tomber malade. Et il n'y a pas de femme qui ne se ferait honneur de porter votre nom et de partager votre existence. Non! il n'y en a pas : c'est mon cœur qui me le dit.

Et elle pressait des deux mains ce cœur prêt sans cesse à s'échapper.

J'étais littéralement désespéré. J'essayai de remontrer à mademoiselle Préfère que j'entendais ne rien changer au train de ma vie fort avancée et que j'avais autant de bonheur qu'en comportaient ma nature et ma destinée.

— Non! vous n'êtes pas heureux, s'écria-t-elle; il vous faudrait auprès de vous une âme capable de vous comprendre. Sortez de votre engourdissement, jetez les yeux autour de vous. Vous avez des relations étendues, de belles connaissances. On n'est pas membre de l'Institut sans fréquenter la société. Voyez, jugez, comparez. Une femme sensée ne vous refusera pas sa main. Je suis femme, monsieur : mon instinct ne me trompe pas; il y a quelque chose là qui me dit que vous trouverez le bonheur dans le mariage. Les femmes sont si dévouées, si aimantes (pas toutes, sans doute, mais quelques-unes)! Et puis elles sont sensibles à la gloire. Songez qu'à votre âge on a besoin comme Œdipe d'une Égérie. Votre cuisinière n'a plus de forces; elle est sourde, elle est infirme; s'il vous arrivait malheur la nuit! Tenez, je frémis, rien que d'y penser!

Et elle frémissait réellement; elle fermait les yeux, serrait les poings, trépignait. Mon abattement était extrême. Avec quelle formidable ardeur elle reprit :

— Votre santé! votre chère santé! La santé d'un membre de l'Institut. Je donnerais avec joie tout mon sang pour conserver les jours d'un savant, d'un littérateur, d'un homme de mérite. Et une femme qui n'en ferait pas autant, je la mépriserais. Tenez, monsieur, j'ai connu la femme d'un grand mathématicien, d'un homme qui faisait des cahiers entiers de calculs dont il remplissait toutes les armoires de sa maison. Il avait une maladie de cœur et il dépérissait à vue d'œil. Et je voyais sa femme, là, tranquille auprès de lui. Je n'ai pas pu y tenir, je lui ai dit un jour : « Ma chère, vous n'avez pas de cœur. A votre place, je ferais... je ferais... Je ne sais pas ce que je ferais! »

Elle s'arrêta épuisée. Ma situation était terrible. Dire nettement à mademoiselle Préfère ce que je pensais de ses conseils, il ne fallait pas y songer. Car me brouiller avec elle, c'était perdre Jeanne. Je pris donc la chose en douceur. D'ailleurs, elle était chez moi : cette considération m'aida à garder quelque courtoisie.

— Je suis très vieux, mademoiselle, lui répondis-je, et je crains bien que vos avis ne viennent un peu tard. J'y songerai toutefois. En attendant, remettez-vous. Il serait bon que vous prissiez un verre d'eau sucrée.

A ma grande surprise, ces paroles la calmèrent soudainement, et je la vis s'asseoir avec tranquillité dans son coin, près de son casier, sur sa chaise, les pieds sur son tabouret.

Le dîner était complètement manqué. Mademoiselle Préfère, perdue dans un rêve, n'y prit point garde. Je suis fort sensible d'ordinaire à ces sortes de mésaventures; mais celle-ci causa à Jeanne une telle joie que je finis moi-même par y prendre plaisir. Je ne savais pas encore, à mon âge, qu'un poulet brûlé d'un côté et cru de l'autre fût une chose comique; les éclats de rire de Jeanne me l'apprirent. Ce poulet nous fit dire mille choses très spirituelles que j'ai oubliées et je fus enchanté qu'on ne l'eût pas raisonnablement rôti. Jeanne le remit à la broche, le grilla, le sauta au beurre. Et à chaque fois qu'il revenait sur la table, il était moins comestible et plus hilare que devant. C'était, quand nous le mangeâmes, une chose qui n'a de nom dans aucune cuisine.

Le nougat fut encore plus extraordinaire. Il vint avec son poëlon, faute d'avoir pu en sortir. J'invitai Jeanne à le servir elle-même, pensant l'embarrasser. Mais elle cassa le poëlon et nous en donna à chacun un morceau. Croire qu'à mon âge on mange des choses pareilles, c'est une idée qui ne peut entrer que dans une tête innocente. Mademoiselle Préfère, sortie de son rêve, repoussa avec indignation ce tesson au caramel, et me confia à ce propos qu'elle excellait à préparer les plats sucrés.

— Ah! s'écria Jeanne avec un air de surprise qui n'était pas tout à fait sans malice.

Puis elle mit tous les morceaux du poëlon dans du papier, à l'intention de ses petites amies et spécialement des trois petites demoiselles Mouton, qui sont naturellement enclines à la gourmandise.

Au fond, j'étais très inquiet. Il me paraissait à peu près

impossible de me maintenir plus longtemps en bons termes avec mademoiselle Préfère, dont les fureurs matrimoniales avaient éclaté. Et cette demoiselle partie, adieu Jeanne! Je profitai de ce que la bonne âme était allée mettre son manteau pour demander à Jeanne très précisément quel âge elle avait. Elle avait dix-huit ans et un mois. Je comptai sur mes doigts et trouvai qu'elle ne serait pas majeure avant deux ans et onze mois. Comment passer tout ce temps-là?

En me quittant, mademoiselle Préfère me serra la main avec tant d'expression que j'en tremblai de tous mes membres.

— Au revoir, dis-je gravement à la jeune fille. Mais écoutez-moi : votre ami est vieux et peut vous manquer. Promettez-moi de ne jamais vous manquer à vous-même, et je serai tranquille. Dieu vous garde, mon enfant!

Ayant fermé la porte sur elle, j'ouvris la fenêtre pour la voir s'en aller. Mais la nuit était sombre et je n'aperçus que des ombres confuses qui glissaient sur le quai noir. Un bourdonnement immense et sourd montait jusqu'à moi, et j'eus le cœur serré.

Pauvre enfant!

15 décembre.

Prié à dîner chez mademoiselle Préfère, je m'assis dans une bergère (c'était bien une bergère) à la droite de cette inquiétante personne. La table était dressée dans un petit salon, et je reconnus, au mauvais état du couvert, que la maîtresse de pension était un de ces esprits éthérés qui planent au-dessus des réalités terrestres. Assiettes ébréchées, verres dépareillés, couteaux branlant dans le manche, fourchettes à dents jaunes, rien ne manquait de ce qui coupe net l'appétit d'un honnête homme.

On me confia que le dîner était fait pour moi, pour moi seul, bien que maître Mouche en fût. Il faut que mademoiselle Préfère se soit imaginé que j'ai pour le beurre des goûts de Sarmate, car celui qu'elle m'offrit, préparé en fines coquilles, était rance à l'excès.

Le rôti acheva de m'empoisonner. Mais j'eus le plaisir d'entendre maître Mouche et mademoiselle Préfère parler de la vertu. Je dis le plaisir, je devrais dire la honte, car les sentiments qu'ils exprimaient sont fort au-dessus de ma grossière nature.

Ce qu'ils disaient me prouva clair comme le jour que le dévouement était leur pain quotidien et que le sacrifice leur était aussi nécessaire que l'air et l'eau. Voyant que je ne mangeais pas, mademoiselle Préfère fit mille efforts pour vaincre ce qu'elle était assez bonne pour nommer ma discrétion. Jeanne n'était pas de la fête parce que, me dit-on, sa présence, contraire aux règlements, aurait blessé l'égalité si nécessaire à maintenir entre tant de jeunes élèves. Je la félicitai intérieurement d'avoir échappé au beurre mérovingien, aux radis amples et creux comme des urnes, au rôti coriace et autres curiosités de bouche auxquelles je m'étais exposé pour l'amour d'elle.

La servante désolée servit quelque chose de liquide qu'on nomma je ne sais pourquoi une crème, et disparut comme une ombre.

Alors, mademoiselle Préfère raconta à maître Mouche avec de grands transports tout ce qu'elle m'avait dit dans la cité des livres, pendant que ma gouvernante était au lit. Son admiration pour un membre de l'Institut, ses craintes de me voir malade et seul, la certitude où elle était qu'une femme intelligente serait heureuse et fière de partager mon existence, elle ne dissimula rien; bien au contraire, elle ajouta de nouvelles folies. Maître Mouche approuvait de la tête en cassant des noisettes. Puis, après tout ce verbiage, il demanda avec un agréable sourire ce que j'avais répondu.

Mademoiselle Préfère, une main sur son cœur et l'autre étendue vers moi, s'écria :

— Il est si affectueux, si supérieur, si bon et si grand! Il a répondu.... Mais je ne saurais pas, moi, simple femme, répéter les paroles d'un membre de l'Institut : il suffit que je les résume. Il a répondu : oui, je vous comprends, oui.

Ayant ainsi parlé, elle me prit une main. Maître Mouche se leva, tout ému, et me saisit l'autre main.

— Je vous félicite, monsieur, me dit-il.

J'ai quelquefois eu peur dans ma vie, mais je n'avais jamais éprouvé un effroi d'une nature aussi nauséabonde. Je ressentais une terreur écœurante.

Je dégageai mes deux mains et, m'étant levé pour donner toute la gravité possible à mes paroles :

— Madame, dis-je, je me serai mal expliqué chez moi ou je vous aurai mal comprise ici. Dans les deux cas, une déclaration nette est nécessaire. Permettez-moi, madame, de la faire tout uniment. Non, je ne vous ai pas comprise; j'ignore absolument quel peut être le parti que vous avez en vue pour moi, si toutefois vous en avez un. Dans tous les cas, je ne veux pas me marier. Ce serait à mon âge une impardonnable folie et je ne puis pas encore, à l'heure qu'il est, me figurer qu'une personne de sens, comme vous, ait pu me donner le conseil de me marier. J'ai même tout lieu de croire que je me trompe, et que vous ne m'avez rien dit de semblable. Dans ce cas vous excuserez un vieillard déshabitué du monde, peu fait au langage des dames et désolé de son erreur.

Maître Mouche retourna tout doucement à sa place où, faute de noisettes, il tailla un bouchon.

Mademoiselle Préfère, m'ayant considéré pendant quelques instants avec des petits yeux ronds et secs que je ne lui connaissais pas encore, reprit sa douceur et sa grâce ordinaires. C'est d'une voix mielleuse qu'elle s'écria :

— Ces savants ! ces hommes de cabinet ! ils sont comme des enfants. Oui, monsieur Bonnard, vous êtes un véritable enfant !

Puis, se tournant vers le notaire, qui se tenait coi, le nez sur son bouchon :

— Oh ! ne l'accusez pas ! lui dit-elle d'une voix suppliante. Ne l'accusez pas ! Ne pensez pas de mal de lui. Je vous en prie. N'en pensez pas ! Faut-il vous le demander à genoux?

Maître Mouche examina son bouchon sur toutes ses faces, sans s'expliquer autrement.

J'étais indigné ; à en juger à la chaleur que je sentais à la tête, mes joues devaient être extrêmement rouges. C'est par cette circonstance que je m'explique les paroles que j'entendis à travers le bourdonnement de mes tempes.

— Il m'effraie, notre pauvre ami. Monsieur Mouche, veuillez ouvrir la fenêtre. Il me semble qu'une compresse d'arnica lui ferait du bien.

Je m'enfuis dans la rue avec un indicible sentiment de honte.

— Ma pauvre Jeanne !

20 décembre.

Je fus huit jours sans entendre parler de l'institution Préfère. Ne pouvant rester plus longtemps sans nouvelles de la fille de Clémentine et songeant d'ailleurs que je me devais à moi-même de ne pas quitter la place, je pris le chemin des Ternes.

Le parloir me sembla plus froid, plus humide, plus inhospitalier, plus insidieux et la servante plus effarée, plus silencieuse que jamais. Je demandai Jeanne et ce fut, après un assez long temps, mademoiselle Préfère qui se montra, grave, pâle, les lèvres minces, les yeux durs.

— Monsieur, je regrette vivement, me dit-elle en croisant les bras sous sa pèlerine, de ne pouvoir vous permettre de voir aujourd'hui mademoiselle Alexandre; mais cela m'est impossible.

— Et pourquoi donc? demandai-je, étonné.

— Monsieur, me répondit-elle, les raisons qui m'obligent à rendre vos visites ici moins fréquentes sont d'une nature particulièrement délicate et je vous prie de m'épargner la contrariété de les dire.

— Madame, répondis-je, je suis autorisé par le tuteur de Jeanne à voir sa pupille tous les jours. Quelles raisons pouvez-vous avoir de vous mettre en travers des volontés de M. Mouche?

— Le tuteur de mademoiselle Alexandre (et elle pesait sur ce nom de tuteur comme sur un point d'appui solide) souhaite aussi vivement que moi voir la fin de vos assiduités.

— Veuillez, s'il en est ainsi, me donner ses raisons et les vôtres.

Elle répondit avec un calme sévère :

— Vous le voulez ? Bien qu'une telle explication soit pénible pour une femme, je cède à vos exigences. Cette maison, monsieur, est une maison honorable. J'ai ma responsabilité : je dois veiller comme une mère sur chacune de mes élèves. Vos assiduités auprès de mademoiselle Alexandre ne pourraient se prolonger sans nuire à cette jeune fille. Mon devoir est de les faire cesser.

— Je ne vous comprends pas, répondis-je ; et c'était bien la vérité. Elle reprit lentement :

— Vos assiduités dans cette maison sont interprétées par les personnes les plus respectables et les moins soupçonneuses d'une telle façon que je dois, dans l'intérêt de mon établissement et dans l'intérêt de mademoiselle Alexandre, les faire cesser au plus vite.

— Madame, m'écriai-je, j'ai entendu bien des sottises dans ma vie, mais aucune qui soit comparable à celle que vous venez de dire !

Elle me répondit simplement :

— Vos injures ne m'atteignent pas. On est forte quand on accomplit un devoir.

Et elle pressa sa pèlerine contre son cœur, non plus cette fois pour contenir, mais sans doute pour caresser ce cœur généreux.

— Madame, dis-je, en la marquant du doigt, vous avez soulevé l'indignation d'un vieillard. Faites en sorte que ce vieillard vous oublie, et n'ajoutez pas de nouveaux méfaits à ceux que je découvre. Je vous avertis que je ne cesserai pas de veiller sur mademoiselle Jeanne Alexandre. Si vous la violentez en quoi que ce soit, malheur à vous !

Elle devenait plus tranquille à mesure que je m'animais et c'est avec un beau sang-froid qu'elle me répondit :

— Monsieur, je suis trop éclaircie sur la nature de l'intérêt que vous portez à cette jeune fille pour ne pas la soustraire à cette surveillance dont vous me menacez. J'aurais dû épargner votre contact à une innocente enfant. Je le ferai à l'avenir. Si j'ai été jusqu'ici trop confiante, ce n'est pas vous, c'est mademoiselle Alexandre qui peut me le reprocher; mais elle est trop naïve, trop pure, grâce à moi, pour soupçonner la nature du péril que vous lui avez fait courir. Vous ne m'obligerez pas, je suppose, à l'en instruire.

— Allons, me dis-je en haussant les épaules, il fallait, mon pauvre Bonnard, que tu vécusses jusqu'à présent pour apprendre exactement ce que c'est qu'une méchante femme. A présent ta science est complète à cet égard.

Je sortis sans répondre, et j'eus le plaisir de voir, à la subite rougeur de la maîtresse de pension, que mon silence la touchait beaucoup plus que n'avaient fait mes paroles.

Je traversai la cour en regardant de tous côtés si je n'apercevrais pas Jeanne. Elle me guettait; elle courut à moi.

— Si on touche à un de vos cheveux, Jeanne, écrivez-moi. Adieu.

— Non! pas adieu!

Je répondis :

— Non! non! pas adieu. Écrivez-moi.

J'allai tout droit chez madame de Gabry.

— Madame est à Rome avec monsieur. Monsieur ne le savait donc pas?

— Si fait, répondis-je, madame me l'a écrit.

Elle me l'avait écrit en effet et il fallait que j'eusse un peu perdu la tête pour l'oublier. Ce fut l'opinion du domestique, car il me regarda d'un air qui disait : « Monsieur Bonnard est tombé en enfance », et il se pencha sur la rampe de l'escalier pour voir si je ne me livrerais pas à quelque action extraordinaire. Mais je descendis raisonnablement les degrés et il se retira désappointé.

Sans date.

Le lendemain, le bonhomme voulut se lever, le bonhomme ne le put pas. Elle était rude, la main invisible qui le tenait étendu sur son lit. Le bonhomme, exactement cloué, se résigna à ne pas bouger, mais ce furent ses idées qui trottèrent.

Il fallait qu'il eût une forte fièvre, car mademoiselle Préfère, les abbés de Saint-Germain-des-Prés et le domestique de madame de Gabry lui apparaissaient sous des formes fantastiques. Le domestique notamment s'allongeait sur sa tête en grimaçant comme une gargouille de cathédrale. J'avais l'idée qu'il y avait beaucoup de monde, beaucoup trop de monde dans ma chambre.

Voici venir le médecin. Je ne l'avais pas demandé; mais j'ai plaisir à le voir. C'est un vieux voisin à qui j'ai été de peu de profit, mais que j'aime beaucoup. Si je ne lui dis pas grand'chose, j'ai du moins toute ma connaissance et même je suis singulièrement rusé, car j'épie ses gestes, ses regards, les moindres plis de son visage; mais il est fin, le docteur, et je ne sais vraiment pas ce qu'il pense de moi.

Février 186..

Le docteur est tout à fait jovial. Il paraît que je lui fais beaucoup d'honneur en me tenant debout. A l'entendre, des maux sans nombre ont fondu ensemble sur mon vieux corps.

Ces maux, effroi de l'homme, ont des noms, effroi du philologue. Ce sont des noms hybrides, mi-grecs, mi-latins, avec des désinences en *ite* indiquant l'état inflammatoire et en *algie*, exprimant la douleur. Le docteur me les débite avec un nombre suffisant d'adjectifs en *ique*, destinés à en caractériser la détestable qualité. Bref une bonne moitié de ce parfait exemplaire du dictionnaire de médecine contenu dans la trop authentique boîte de Pandore.

— Docteur, voilà une histoire sensée que celle de Pandore; si j'étais poète, je la mettrais en vers français. Touchez là, docteur. Vous m'avez rendu à la vie, je vous pardonne. Vous m'avez rendu à mes amis, je vous en remercie. Je suis solide, dites-vous. Sans doute, sans doute; mais j'ai beaucoup duré. Je suis un vieux meuble fort comparable au fauteuil de mon père. C'était un fauteuil que cet homme de bien tenait d'héritage et dans lequel il s'asseyait du matin au soir. Vingt fois le jour, je me perchais, en bambin que j'étais, sur le bras de ce siège antique. Tant qu'il tint bon, on n'y prit point garde. Mais il se mit à boiter d'un pied, et on commença à dire que c'était un bon fauteuil. Il boita ensuite de trois pieds, grinça du quatrième et devint presque manchot des deux bras. C'est alors qu'on s'écria : « Quel solide fauteuil ! » On admirait que, n'ayant pas un bras vaillant et pas une jambe d'aplomb, il gardât figure de fauteuil, se tînt à peu près debout et fît encore quelque service. Le crin lui sortit du corps, il rendit l'âme. Et quand Cyprien, notre domestique, lui scia les membres pour le mettre au bûcher, les cris d'admiration redoublèrent : « L'excellent, le merveil- « leux fauteuil ! Il fut à l'usage de Pierre-Sylvestre Bon-

« nard, marchand drapier, d'Épiménide Bonnard, son fils, et de Jean-Baptiste Bonnard, chef de la 3e division maritime et philosophe pyrrhonien. Quel vénérable et robuste fauteuil! » En réalité c'était un fauteuil mort. Eh bien, docteur, je suis ce fauteuil. Vous me jugez solide parce que j'ai résisté à des assauts qui auraient tué tout à fait bon nombre de gens et qui ne m'ont tué, moi, qu'aux trois quarts. Grand merci. Je n'en suis pas moins quelque chose d'irrémédiablement avarié.

Le docteur veut me prouver à l'aide de grands mots grecs et latins que je suis en assez bon état. Le français est trop clair pour une démonstration de ce genre. Toutefois je consens à ce qu'il me persuade et je le reconduis jusqu'à ma porte.

— A la bonne heure! me dit Thérèse, voilà comme il faut mettre dehors les médecins. Pour peu que vous vous y preniez encore deux ou trois fois de cette manière, il n'y reviendra plus, et ce sera bien fait.

— Eh bien, Thérèse, puisque je suis redevenu un si vaillant homme, ne me refusez plus mes lettres. Il y en a un bon paquet sans doute, et ce serait méchanceté de m'empêcher plus longtemps de les lire.

Thérèse, après quelques façons, me donna mes lettres. Mais, à quoi bon? j'ai regardé toutes les enveloppes et aucune n'est écrite par cette petite main que je voudrais voir ici, feuilletant le Vecellio. J'ai rejeté tout le paquet qui ne me dit plus rien.

Avril-Juin.

L'affaire a été chaude.

— Attendez, monsieur, que j'aie mis mes nippes propres

m'a dit Thérèse, et cette fois, encore, je sortirai avec vous; je prendrai votre pliant, comme j'ai fait ces derniers jours, et nous irons nous mettre au soleil.

En vérité, Thérèse me croit infirme. J'ai été malade, sans doute, mais il y a fin à tout. Madame la Maladie s'en est allée, il y a beau temps, et voilà bien trois mois que sa suivante au pâle et gracieux visage, dame Convalescence, m'a fait gentiment ses adieux. Si j'écoutais ma gouvernante, je serais M. Argan tout bonnement, et je me coifferais, pour le reste de mes jours, d'un bonnet de nuit à rubans.... Pas de cela! J'entends sortir seul. Thérèse ne l'entend pas. Elle tient mon pliant et veut me suivre.

— Thérèse, nous nous mettrons demain en espalier contre le mur de la petite Provence, tant qu'il vous fera plaisir. Mais aujourd'hui j'ai des affaires qui pressent.

Des affaires! Elle croit qu'il s'agit d'argent et m'explique que rien ne presse.

— Tant mieux! mais il y a d'autres affaires que celles-là, en ce monde.

Je supplie, je gronde, je m'échappe.

Il fait assez beau temps. Moyennant un fiacre et si Dieu ne m'abandonne, je viendrai à bout de mon aventure.

Voici le mur qui porte en lettres bleues ces mots : *Pensionnat de demoiselles tenu par mademoiselle Virginie Préfère*. Voici la grille qui s'ouvrirait largement sur la cour d'honneur si elle s'ouvrait jamais. Mais la serrure en est rouillée et des lames de tôle appliquées aux barreaux, protègent contre les regards indiscrets les petites âmes auxquelles mademoiselle Préfère enseigne sans nul doute la modestie, la sincérité, la justice et le désintéressement. Voici une fenêtre grillée dont les carreaux barbouillés révèlent les communs, œil terne, seul ouvert sur le monde extérieur.

Quant à la petite porte bâtarde par laquelle je suis tant de fois entré et qui m'est désormais interdite, je la retrouve avec son judas grillé. Le degré de pierre qui y conduit est usé, et, sans avoir de trop bons yeux sous mes lunettes, je vois sur la pierre les petites lignes blanches qu'ont faites en passant les semelles ferrées des écolières. Ne puis-je donc y passer à mon tour? Il me semble que Jeanne souffre dans cette maison maussade, et qu'elle m'appelle en secret. Je ne puis m'éloigner. L'inquiétude me prend : je sonne. La servante effarée vient m'ouvrir, plus effarée que jamais. La consigne est donnée, je ne puis voir mademoiselle Jeanne. Je demande au moins de ses nouvelles. La servante, après avoir regardé de droite et de gauche, me dit qu'elle va bien et me referme la porte au nez. Me voilà de nouveau dans la rue.

Et depuis, que de fois j'ai erré ainsi sous ce mur, et passé devant la petite porte, honteux, désespéré d'être plus faible moi-même que l'enfant qui n'a en ce monde d'appui que le mien!

10 juin.

J'ai surmonté ma répugnance et suis allé voir maître Mouche. Je remarquai tout d'abord que l'étude est plus poudreuse et plus moisie que l'an passé. Le notaire m'apparut avec ses gestes étroits et ses prunelles agiles sous les lunettes. Je lui fis mes plaintes. Il me répondit.... Mais à quoi bon fixer, même dans un cahier qui doit être brûlé, le souvenir d'un plat coquin? Il donne raison à mademoiselle Préfère, dont il a depuis longtemps étudié l'esprit et le caractère. Il n'a pas à se prononcer sur le fond du débat, mais il doit me dire que les apparences ne me sont pas favorables. Cela me touche peu. Il ajoute — et cela me touche davantage — que la faible somme qu'il avait entre les mains pour l'éducation de sa pupille est épuisée, et qu'en cette circonstance, il admire vivement le désintéressement de mademoiselle Préfère qui consent à garder près d'elle mademoiselle Jeanne.

Une magnifique lumière, la lumière d'un beau jour, verse ses ondes incorruptibles dans ce lieu sordide et éclaire cet homme. Au dehors, elle répand sa splendeur sur toutes les misères d'un quartier populeux.

Qu'elle est douce, cette lumière dont mes yeux s'emplissent depuis si longtemps, et dont je ne jouirai bientôt plus! Je m'en vais, songeur, les mains derrière le dos, le long des fortifications, et je me trouve, sans savoir comment, dans des faubourgs perdus, plantés de maigres jardins. Sur le bord d'un chemin poudreux, je rencontre une plante dont la fleur à la fois éclatante et sombre semble faite pour s'associer aux deuils les plus nobles et les plus purs. C'est une ancolie. Nos pères la nommaient le gant de Notre-Dame. Une Notre-Dame qui se ferait toute petite, pour apparaître à des enfants, pourrait seule glisser ses doigts mignons dans les étroites capsules de cette fleur.

Voici un gros bourdon qui s'y fourre brutalement, mais sa bouche ne peut atteindre au nectar et le gourmand s'efforce en vain. Il renonce et sort tout barbouillé de pollen. Il a repris son vol lourd, mais les fleurs sont rares dans ce faubourg souillé par la suie des usines. Il revient à l'ancolie et, cette fois, il perce la corolle et suce le nectar à travers l'ouverture qu'il a faite; je n'aurais pas cru qu'un bourdon eût tant de sens. Cela est admirable. Les insectes et les fleurs m'émerveillent davantage à mesure que je les observe mieux. Je suis comme le bon Rollin que les fleurs de ses pêchers ravissaient. Je voudrais bien avoir un beau jardin, et vivre à l'orée d'un bois.

Août-Septembre.

J'eus l'idée de venir, un dimanche matin, épier le moment où les élèves de mademoiselle Préfère vont en file à la messe paroissiale. Je les vis passer deux par deux, les petites en tête, avec des mines sérieuses. Il y en avait trois semblablement vêtues, courtes, rondes, importantes, que je reconnus pour être les demoiselles Mouton. Leur sœur aînée est l'artiste qui dessina la terrible tête de Tatius, roi des Sabins. Au flanc de la colonne, la sous-maîtresse, un paroissien à la main, s'agitait et fronçait les sourcils. Les moyennes, puis les grandes passèrent en chuchotant. Mais je ne vis pas Jeanne.

J'ai demandé au ministère s'il n'y avait pas au fond de quelque carton des notes sur l'institution de la rue Demours. J'ai obtenu qu'on envoyât des inspectrices. Elles sont revenues apportant les meilleures notes. La pension Préfère est à leur avis une pension modèle. Si je provoque une enquête, il est certain que mademoiselle Préfère recevra les palmes académiques.

8 octobre.

Ce jeudi étant jour de sortie, je rencontrai, aux abords de la rue Demours, les trois petites demoiselles Mouton. Ayant salué leur mère, je demandai à l'aînée, qui a dix ans, comment se portait mademoiselle Jeanne Alexandre, sa compagne.

La petite demoiselle Mouton me répondit tout d'un trait :

— Jeanne Alexandre n'est pas ma compagne. Elle est dans la pension par charité, alors on lui fait balayer la classe. C'est mademoiselle qui l'a dit. Et Jeanne Alexandre est méchante, alors on l'enferme dans la chambre noire, et c'est bien fait. Moi, je suis sage et on ne m'enferme pas dans la chambre noire.

Les trois petites demoiselles se remirent en marche et madame Mouton les suivit de près en me jetant, par-dessus sa large épaule, un regard de défiance.

Hélas! je suis réduit à des démarches suspectes. Madame de Gabry ne reviendra à Paris que dans trois mois au plus tôt. Loin d'elle, je n'ai ni tact, ni esprit; je ne suis qu'une lourde, incommode et nuisible machine.

Il ne se peut pas pourtant que Jeanne devienne une servante de pensionnat!

23 décembre.

L'idée que Jeanne balaye les classes m'était devenue absolument intolérable.

Le temps était noir et froid. Il faisait déjà nuit. Je sonnai à la petite porte avec la tranquillité d'un homme résolu. Dès que la servante timide m'eut ouvert, je lui glissai une pièce d'or et lui en promis une autre si elle parvenait à me faire voir mademoiselle Alexandre. Sa réponse fut :

— Dans une heure à la fenêtre grillée.

Et elle me ferma la porte au nez si rudement que mon chapeau en tomba dans le ruisseau.

J'attendis une longue heure dans des tourbillons de neige, puis je m'approchai de la fenêtre. Rien! Le vent faisait rage et la neige tombait dru. Les ouvriers qui passaient près de moi, leurs outils à l'épaule, tête basse sous les flocons épaissis, me heurtaient rudement. Rien. Je craignais qu'on me remarquât. Je savais avoir mal fait en soudoyant une servante, mais je n'en avais nul regret. Malheur à qui ne sait sortir au besoin de la règle sociale! Un quart d'heure se passa. Rien. Enfin la fenêtre s'entr'ouvrit.

— C'est vous, monsieur Bonnard?

— C'est vous, Jeanne? En un mot, que devenez-vous?

— Je vais bien, très bien!

— Mais encore?

— On m'a mis dans la cuisine et je balaye les salles.

— Dans la cuisine! Balayeuse, vous! Bonté divine!

— Oui, parce que mon tuteur ne paie plus ma pension.

— Bonté divine. Votre tuteur m'a tout l'air d'un gredin. Et pourquoi ne m'avez-vous pas écrit?

— J'étais surveillée.

En ce moment ma résolution était prise et rien ne pouvait plus m'en faire changer. Il me vint bien à l'idée que je pouvais ne pas être dans mon droit, mais je me moquai bien de cette idée. Étant résolu, je fus prudent. J'agis avec un calme remarquable.

— Jeanne, demandai-je, cette chambre où vous êtes communique-t-elle avec la cour?

— Oui.

— Pouvez-vous tirer vous-même le cordon?

— Oui, s'il n'y a personne dans la loge.

— Allez voir et tâchez qu'on ne vous voie pas.

J'attendis, surveillant la porte et la fenêtre.

Jeanne reparut derrière les barreaux au bout de cinq ou six secondes, enfin!

— La bonne est dans la loge, me dit-elle.

— Bien, dis-je. Avez-vous une plume et de l'encre?

— Non.

— Un crayon?

— Oui.

— Passez-le-moi.

Je tirai de ma poche un vieux journal et, sous le vent qui soufflait à éteindre les lanternes, dans la neige qui m'aveuglait, j'arrangeai de mon mieux autour de ce journal une bande à l'adresse de mademoiselle Préfère.

Pendant que j'écrivais, je demandai à Jeanne :

— Quand le facteur passe, il met les lettres et les papiers dans la boîte, il sonne et il passe? La bonne ouvre la boîte et va porter de suite à mademoiselle Préfère ce qu'elle y a trouvé? N'est-ce pas ainsi que cela se passe à chaque distribution?

Jeanne le croyait.

— Nous verrons bien. Jeanne, guettez encore et dès que la bonne aura quitté la loge, tirez le cordon et venez dehors.

Ayant dit, je glissai mon journal dans la boîte, sonnai roide et m'allai cacher dans l'embrasure d'une porte voisine.

J'y étais depuis quelques minutes quand la petite porte tressaillit, puis s'entr'ouvrit et une jeune tête passa à travers. Je la pris, je l'attirai à moi.

— Venez, Jeanne, venez.

Elle me regardait avec inquiétude. Certainement elle craignait que je ne fusse fou. Mais j'étais au contraire plein de sens.

— Venez, venez, mon enfant.

— Où?

— Chez madame de Gabry.

Alors elle me prit le bras. Nous courûmes quelque temps comme des voleurs. Mais la course n'est pas ce qui convient à ma corpulence et m'arrêtant à demi suffoqué, je m'appuyai à quelque chose qui se trouva être la poële d'un marchand de marrons établi au coin d'un débit de vin où buvaient des cochers. Un de ceux-ci nous demanda s'il ne nous fallait pas une voiture. Certes! il nous en fallait une. L'homme au fouet ayant posé son verre sur le comptoir d'étain, monta sur son siège et poussa son cheval en avant. Nous étions sauvés.

— Ouf! m'écriai-je en m'épongeant le front. Car malgré le froid je suais à grosses gouttes.

Ce qui est étrange, c'est que Jeanne semblait avoir plus que moi conscience de l'énormité que nous venions de commettre. Elle était sérieuse et visiblement inquiète.

— Dans la cuisine! m'écriai-je avec indignation.

Elle secoua la tête comme pour dire : « Là ou ailleurs, que m'importe! » Et à la lueur des lanternes, je remarquai avec douleur que son visage était maigre et ses traits tirés. Je ne lui trouvai plus cette vivacité, ces brusques élans, cette rapide expression qui m'avaient tant plu en elle. Ses regards étaient lents, ses gestes contraints, son attitude morne. Je lui pris la main : une main durcie, endolorie et froide. La pauvre enfant avait bien souffert. Je l'interrogeai; elle me raconta tranquillement que mademoiselle Préfère l'avait fait appeler un jour et l'avait traitée de monstre et de petite vipère sans qu'elle sût pourquoi.

Elle ajouta : Vous ne reverrez plus monsieur Bonnard qui vous donnait de mauvais conseils et qui s'est fort mal conduit à mon égard. Je lui dis : « Cela, mademoiselle, je ne le croirai jamais ». Mademoiselle me donna un soufflet et me renvoya à l'étude. Cette nouvelle que je ne vous verrais plus, ce fut pour moi comme la nuit qui tombe. Vous savez, ces soirs où l'on est triste quand l'ombre vous prend, eh bien! figurez-vous ce moment-là prolongé pendant des semaines, pendant des mois.

Un jour j'appris que vous étiez au parloir avec la maîtresse, je vous guettai; nous nous sommes dit : « Au revoir ». J'étais un peu consolée. Mais à quelque temps de là, mon tuteur voulut me faire sortir un jeudi. Je refusai d'aller chez lui. Il me répondit bien doucement que j'étais une petite capricieuse. Et il me laissa tranquille. Mais, le surlendemain, mademoiselle Préfère vint à moi avec un air si méchant que j'eus peur. Elle tenait une lettre à la main. « Mademoiselle, me dit-elle, votre tuteur m'apprend qu'il a épuisé toutes les sommes qui vous appartenaient. N'ayez pas peur : je ne veux pas vous abandonner; mais vous conviendrez qu'il est juste que vous gagniez votre vie. »

Alors elle m'employa à nettoyer la maison et, quand j'étais en faute, elle m'enfermait dans un grenier pendant des journées. Voilà, monsieur, ce qui est arrivé en votre absence. Si j'avais pu vous écrire, je ne sais pas si je l'aurais fait, parce que je ne croyais pas qu'il vous fût possible de me tirer du pensionnat. Je pouvais attendre dans le grenier et dans la cuisine.

— Jeanne, m'écriai-je, dussions-nous fuir jusqu'en Océanie, l'abominable Préfère ne vous reprendra plus. J'en fais un grand serment. Et pourquoi n'irions-nous pas en Océanie? Le climat y est sain et je voyais l'autre jour dans un journal qu'on y a des pianos. En attendant allons chez madame de Gabry qui, par bonheur, est à Paris depuis trois ou quatre jours; car nous sommes deux innocents et nous avons grand besoin d'aide.

Tandis que je parlais, les traits de Jeanne pâlissaient et s'effaçaient; un voile était sur ses regards, un pli douloureux contracta ses lèvres entr'ouvertes. Elle laissa tomber sa tête sur son épaule et resta sans connaissance.

Je la pris dans mes bras et la montai dans l'escalier de madame de Gabry comme un petit enfant endormi. Je tombais moi-même, abîmé de fatigue et d'émotion quand elle se ranima.

— C'est vous, me dit-elle. Tant mieux!

Nous sonnâmes en cet état à la porte de notre amie.

Même jour.

Il était huit heures. Madame de Gabry fut, comme on pense, bien surprise de cette apparition. Mais elle accueillit le vieillard et l'enfant avec cette bonté qui s'exprimait en elle par de si beaux gestes. Il semble (pour prendre le langage de la dévotion qui lui était familier), il semble qu'une grâce coule de ses mains à chaque fois qu'elles s'ouvrent et il n'est pas jusqu'au parfum dont elle est imprégnée qui ne donne la douce et paisible ivresse de la charité et des bonnes œuvres. Surprise, elle l'était certainement, mais elle ne nous interrogea pas et ce silence me parut admirable.

— Madame, lui dis-je, nous venons nous mettre tous deux sous votre protection. Et avant tout, nous venons vous demander à souper. Jeanne du moins, car elle vient de s'évanouir de faiblesse en voiture. Pour moi, je ne pourrais me mettre un morceau sous la dent, à cette heure tardive, sans me préparer une nuit d'agonie. J'espère que M. de Gabry se porte bien.

— Il est ici, me dit-elle.

Et aussitôt elle l'appela :

— Venez, Paul! venez voir M. Bonnard et mademoiselle Alexandre.

Il vint. J'eus plaisir à voir sa face ouverte et large et à serrer sa main carrée. Nous passâmes tous quatre dans la salle à manger et pendant qu'on servait à Jeanne de la viande froide, à laquelle elle ne touchait pas, je contai notre affaire. Paul de Gabry me demanda la permission de fumer sa pipe, puis il m'écouta silencieusement. Quand j'eus fini, il gratta sur ses joues sa barbe courte et drue et poussa un formidable « sacrebleu ». Mais remarquant Jeanne qui tournait alors de lui à moi ses grands yeux effarés, il ajouta :

— Nous causerons de cela demain matin. Venez dans mon cabinet : je veux vous montrer un vieux bouquin dont vous me direz des nouvelles.

Je le suivis dans son cabinet, où brillaient à la lueur des lampes, sur la tenture sombre, des carabines et des couteaux de chasse. Là, m'entraînant sur un canapé de cuir :

— Qu'avez-vous fait, me dit-il, qu'avez-vous fait, grand Dieu! Détournement de mineure, rapt, enlèvement! Vous vous êtes mis une belle affaire sur les bras. Vous êtes tout bonnement sous le coup de cinq à dix ans de prison.

— Miséricorde! m'écriai-je. Dix ans de prison pour avoir sauvé une innocente enfant!

— C'est la loi! répondit M. de Gabry. Je connais assez bien le code, voyez-vous, mon cher monsieur Bonnard, non pas parce que j'ai fait mon droit, mais parce que, étant maire de Lusance, j'ai dû me renseigner moi-même pour renseigner mes administrés. Mouche est un coquin, la Préfère une drôlesse et vous un... je ne trouve pas de mot assez fort.

Ayant ouvert sa bibliothèque qui contenait des colliers

à chien, des cravaches, des étriers, des éperons, des boîtes de cigares et quelques livres usuels, il prit un code et se mit à le feuilleter.

— *Crimes et délits... séquestration de personnes*, ce n'est pas votre cas... *Enlèvement de mineurs*, nous y sommes... *Article* 354. *Quiconque aura, par fraude ou violence, enlevé ou fait enlever des mineurs, ou les aura entraînés, détournés ou déplacés, ou les aura fait entraîner, détourner ou déplacer des lieux où ils étaient mis par ceux à l'autorité ou à la direction desquels ils étaient soumis ou confiés, subira la peine de la réclusion. Voir code pénal*, 21 *et* 28. — 21. *La durée de la réclusion sera au moins de cinq années.* — 28. *La condamnation à la réclusion comporte la dégradation civique.* C'est bien clair, n'est-ce pas, monsieur Bonnard?

— Parfaitement clair.

Continuons : *Article* 356. *Si le ravisseur n'avait pas encore vingt et un ans, il ne sera puni que d'un...* Nous ne pouvons certainement pas invoquer cet article. *Article* 357. *Dans le cas où le ravisseur aurait épousé la fille qu'il a enlevée, il ne pourra être poursuivi que sur la plainte des personnes qui, d'après le code civil, ont le droit de demander la nullité du mariage, ni condamné qu'après que la nullité du mariage aura été prononcée.* Je ne sais pas s'il est dans vos projets d'épouser mademoiselle Alexandre. Vous voyez que le code est bon enfant et qu'il vous ouvre une porte de ce côté-là. Mais j'ai tort de plaisanter, car votre situation est mauvaise. Comment un homme comme vous a-t-il pu s'imaginer qu'on pouvait à Paris, au XIXe siècle, enlever impunément une jeune fille? Nous ne sommes plus au moyen âge, et le rapt n'est plus permis.

— Ne croyez pas, répondis-je, que le rapt fut permis dans l'ancien droit. Vous trouverez dans Baluze un décret rendu par le roi Childebert à Cologne, en 593 ou 94, sur cette matière. Qui ne sait, d'ailleurs, que la fameuse ordonnance de Blois, de mai 1579, dispose formellement que ceux qui se trouveront avoir suborné fils ou fille mineurs de vingt-cinq ans, sous prétexte de mariage ou autre couleur, sans le gré, ou vouloir ou consentement exprès des père, mère et des tuteurs seront punis de mort? *Et pareillement*, ajoute l'ordonnance, *et pareillement seront punis extraordinairement tous ceux qui auront participé audit rapt, et qui auront prêté conseil, confort et aide en aucune manière que ce soit*. Ce sont là, ou peu s'en faut, les propres termes de l'ordonnance. Quant à cet article du code Napoléon que vous venez de me faire connaître, et qui excepte des poursuites le ravisseur marié à la demoiselle qu'il a enlevée, il me rappelle que, d'après la coutume de Bretagne, le rapt suivi de mariage n'était pas puni. Mais cet usage, qui causa des abus, fut supprimé en 1720.

Je vous donne cette date comme exacte à dix ans près. Ma mémoire n'est plus très bonne, et le temps n'est plus où je pouvais réciter par cœur, sans prendre haleine quinze cents vers de Girart de Roussillon.

Pour ce qui est du capitulaire de Charlemagne qui règle la compensation du rapt, si je ne vous en parle pas, c'est parce qu'il est assurément présent à votre mémoire. Vous voyez donc bien, mon cher M. de Gabry, que le rapt fut considéré comme un crime très punissable sous les trois dynasties de la vieille France. C'est bien à tort qu'on croit que le moyen âge était un temps de chaos. Figurez-vous, au contraire...

M. de Gabry m'interrompit :

— Vous connaissez, s'écria-t-il, l'ordonnance de Blois, Baluze, Childebert et les Capitulaires, et vous ne connaissez pas le code Napoléon!

Je lui répondis qu'en effet je n'avais jamais lu ce code, et il parut surpris.

— Comprenez-vous maintenant, ajouta-t-il, la gravité de l'action que vous avez commise?

En vérité je ne la comprenais pas encore. Mais peu à peu, par l'effet des représentations très sensées de M. Paul, j'arrivai à sentir que je serais jugé, non sur mes intentions qui sont innocentes, mais sur mon action qui est condamnable. Alors je me désespérai et me lamentai.

— Que faire? m'écriai-je, que faire? Suis-je donc perdu sans ressource et ai-je donc perdu avec moi la pauvre enfant que je voulais sauver?

M. de Gabry bourra silencieusement sa pipe et l'alluma avec tant de lenteur que son bon et large visage resta pendant trois ou quatre minutes rouge comme celui d'un forgeron au feu de sa forge. Puis :

— Vous me demandez que faire : ne faites rien, mon cher monsieur Bonnard. Pour l'amour de Dieu et dans votre intérêt, ne faites rien du tout. Vos affaires sont assez mauvaises; ne vous en mêlez plus, de peur d'un nouveau dommage. Mais promettez-moi de répondre de tout ce que je ferai. J'irai dès demain matin voir M. Mouche, et s'il est ce que nous croyons, c'est-à-dire un fieffé gredin, je trouverai bien, quand le diable s'en mêlerait, un moyen de le rendre inoffensif. Car tout dépend de lui. Comme il est trop tard ce soir pour reconduire mademoiselle Jeanne à son pensionnat, ma femme gardera cette nuit la jeune fille auprès d'elle. Cela constitue bel et bien un délit de complicité, mais nous ôtons ainsi tout caractère équivoque à la situation de la jeune fille. Quant à vous, cher monsieur, retournez vivement au quai Malaquais, et si l'on vient y chercher Jeanne, il vous sera facile de prouver qu'elle n'est pas chez vous.

Pendant que nous parlions ainsi, madame de Gabry prenait des arrangements pour coucher sa pensionnaire. Quand elle me donna le bonsoir, elle portait sur son bras des draps parfumés de lavande.

Nous convînmes que je viendrais déjeuner le lendemain. Mais on me défendit expressément de me présenter avant midi. Jeanne, en m'embrassant, me supplia de ne pas la ramener à la pension. Nous nous quittâmes attendris et troublés.

Je trouvai sur mon palier Thérèse en proie à une inquiétude qui la rendait furieuse. Elle ne parla de rien moins que de m'enfermer à l'avenir.

Quelle nuit je passai! Je ne fermai pas l'œil un seul instant. Tantôt, je riais comme un gamin du succès de mon aventure; tantôt, je me voyais avec une angoisse inexprimable traîné devant les magistrats et répondant sur le banc des accusés du crime que j'avais si naturellement commis. J'étais épouvanté, et pourtant je n'avais ni remords ni regrets. Le soleil, entré dans ma chambre, caressa gaîment le pied de mon lit, et je fis cette prière :

« Mon Dieu, vous qui fîtes le ciel et la rosée, comme il est dit dans Tristan, jugez-moi dans votre équité, non selon mes actes, mais d'après mes intentions, qui furent droites et pures; et je dirai : Gloire à vous dans le Ciel et paix sur la terre aux hommes de bonne volonté. Je remets en vos mains l'enfant que j'ai volée. Faites ce que je n'ai su faire; gardez-la de tous ses ennemis, et que votre nom soit béni! »

29 décembre.

Quand j'entrai chez madame de Gabry, je trouvai Jeanne transfigurée.

Avait-elle, comme moi, aux premiers rayons de l'aube, invoqué Celui « qui fit le ciel et la rosée »? Elle souriait dans une douce quiétude.

Madame de Gabry la rappela pour achever sa coiffure, car cette aimable hôtesse avait voulu arranger de ses mains les cheveux de l'enfant qui lui était confiée. Venu un peu avant l'heure convenue, j'avais interrompu cette gracieuse toilette. Pour me punir, on me fit attendre seul dans le salon. M. de Gabry m'y rejoignit bientôt. Il venait évidemment du dehors, car son front portait encore la marque du chapeau. Son visage ouvert exprimait une animation joyeuse. Je ne crus pas devoir lui faire de questions et nous allâmes tous déjeuner. Quand les domestiques eurent achevé leur service, M. Paul, qui gardait son histoire pour le dessert, nous dit :

— Eh bien! je suis allé à Levallois.

— Vous avez vu maître Mouche? lui demanda vivement madame de Gabry.

— Non! répondit-il, en observant nos visages qui marquaient le désappointement.

Après avoir joui un temps raisonnable de notre inquiétude, l'excellent homme ajouta :

— Maître Mouche n'est plus à Levallois. Maître Mouche a quitté la France. Il y aura après demain huit jours qu'il a mis la clef sous la porte, emportant l'argent de ses clients, une somme assez ronde. J'ai trouvé l'étude fermée. Une voisine m'a dit la chose avec force malédictions et imprécations. Vraiment, maître Mouche pouvait-il lever le pied plus à propos? Il aurait retardé son coup d'une semaine que, représentant de la société, il vous traînait comme un criminel, monsieur Bonnard, dans les cachots les plus noirs. Maintenant nous n'avons plus rien à craindre. A la santé de maître Mouche! s'écria-t-il, en versant du vin blanc.

Je voudrais vivre longtemps pour me rappeler longtemps cette matinée. Nous étions réunis tous quatre dans la grande salle à manger blanche, autour de la table de chêne ciré. M. Paul avait la joie forte et même un peu rude, et il buvait à longs traits, le brave homme! Madame de Gabry me souriait de ce sourire si doux, si pur et si noble, qu'une telle femme en devrait réserver les pareils à récompenser les bonnes actions, afin que tout le monde fît le bien autour d'elle. Pour nous payer de nos peines, Jeanne, revenue à sa vive nature, nous fit en un quart d'heure une dizaine de questions dont les réponses eussent embrassé, pour le moins, la nature et l'homme, la physique et la métaphysique, le macrocosme et le microcosme, sans compter l'ineffable et l'inconnaissable. Elle tira de sa poche son petit Saint-Georges qui avait cruellement souffert pendant notre évasion. Il n'avait plus ni bras ni jambes, mais il gardait son casque d'or surmonté d'un dragon vert. Jeanne prit solennellement la résolution de le restaurer en l'honneur de madame de Gabry.

Ces bons amis! je les quittai, accablé de fatigue et de joie.

Je reçus en rentrant au logis les plus aigres remontrances de Thérèse qui ne concevait plus rien à ma nouvelle manière de vivre. Il fallait à son avis que monsieur eût perdu le sens.

— Oui, Thérèse, je suis un vieux fou et vous êtes une vieille folle. Cela est certain. Le bon Dieu nous bénisse, Thérèse, et nous donne de nouvelles forces, car nous avons de nouveaux devoirs. Mais laissez-moi m'étendre sur ce canapé, car je ne puis pas me tenir debout.

15 janvier 186.

— Bonjour, monsieur, me dit Jeanne en m'ouvrant notre porte, tandis que Thérèse, distancée par l'enfant, grognait dans l'ombre du corridor.

— Mademoiselle, je vous prie de me nommer solennellement par mon titre et de me dire : « Bonjour, tuteur ».

— C'est donc fait? Quel bonheur, me dit l'enfant, en tapant des mains.

— Cela s'est fait, mademoiselle, dans la salle commune, devant le juge de paix, et vous subirez dès aujourd'hui mon autorité... Vous riez, ma pupille? Je le vois dans vos yeux : il vous passe quelque folle idée par la tête. Encore une lune!

— Oh! non, monsieur... mon tuteur. Je regardais vos cheveux blancs. Ils s'enroulent sur les bords de votre chapeau comme du chèvrefeuille sur un balcon. Ils sont très beaux et je les aime beaucoup.

— Asseyez-vous, ma pupille, et s'il est possible, ne dites plus de choses déraisonnables; j'en ai de sérieuses à vous dire. Écoutez-moi : vous ne tenez pas absolument, je pense, à retourner chez mademoiselle Préfère?... Non. Que diriez-vous si je vous gardais ici pour achever votre éducation, jusqu'à ce que... que sais-je? Toujours, comme on dit.

— Oh! monsieur! s'écria-t-elle, rouge de bonheur.

Je poursuivis :

— Il y a là, derrière, une petite chambre que ma gouvernante a nettoyée et préparée à votre intention. Vous y remplacerez des bouquins comme le jour succède à la nuit. Allez voir avec Thérèse si cette chambre est habitable. Il est entendu avec madame de Gabry que vous y coucherez ce soir.

Elle y courait déjà; je la rappelai :

— Jeanne, écoutez-moi encore : Vous vous êtes fait jusqu'ici bienvenir de ma gouvernante qui, comme toutes les vieilles gens, est assez morose de son naturel. Ménagez-la. J'ai cru devoir la ménager moi-même et souffrir ses impatiences. Je vous dirai, Jeanne, respectez-la. Et en parlant ainsi, je n'oublie pas qu'elle est ma servante et la vôtre : elle ne l'oubliera pas davantage. Mais vous devez respecter en elle son grand âge et son grand cœur. C'est une humble créature qui a longtemps duré dans le bien; elle s'y est endurcie. Souffrez la roideur de cette âme droite. Sachez commander; elle saura obéir. Allez, ma fille; arrangez votre chambre de la façon qui vous semblera le plus convenable pour votre travail et votre repos.

Ayant ainsi poussé Jeanne, avec ce viatique, dans son chemin de bonne ménagère, je me mis à lire une revue. Mais voici venir mon jeune ami.

— Bonsoir, Gélis. Vous avez aujourd'hui la mine réjouie. Que vous arrive-t-il, mon cher enfant?

Il lui arrive qu'il a soutenu très convenablement sa thèse et qu'il est reçu dans un bon rang. C'est ce qu'il m'annonce en ajoutant que mes travaux, dont il fut question incidemment dans le cours de la séance, ont été, de la part des professeurs de l'école, l'objet d'un éloge sans réserve.

— Voilà qui va bien, répondis-je, et je suis heureux, Gélis, de voir ma vieille réputation associée à votre jeune gloire. Je m'intéressais vivement, vous le savez, à votre thèse; mais des arrangements domestiques m'ont fait oublier que vous la souteniez aujourd'hui.

Mademoiselle Jeanne vint à point le renseigner au sujet de ces arrangements. L'étourdie entra comme une brise légère dans la cité des livres, et s'écria que sa chambre était une petite merveille. Elle devint fort rouge en voyant M. Gélis. Mais nul ne peut éviter sa destinée.

M. Gélis lui demanda comment elle allait, du ton d'un garçon qui se prévaut d'une rencontre antérieure et qui se pose en ancienne connaissance. Oh! ne craignez rien! elle ne l'avait pas oublié; il y parut bien quand ils reprirent à mon nez leur conversation de l'an passé, sur le blond vénitien. Ils la poursuivirent vivement. Je me demandais ce que je faisais là en vérité. Il ne me restait plus qu'à tousser pour me faire entendre. Quant à placer un mot, ils ne m'en donnaient guère l'occasion. Gélis parlait avec enthousiasme non seulement des coloristes vénitiens, mais encore du reste des choses humaines et naturelles. Et Jeanne lui répondait : « Oui, monsieur, vous avez raison... C'est précisément ce que je pensais, monsieur... Monsieur, vous exprimez très bien ce que je ressens... Je réfléchirai, monsieur, à ce que vous venez de dire là. »

Quand je parle, mademoiselle ne me répond pas de ce ton. C'est du bout des lèvres qu'elle goûte ce que je dis, et elle en rejette une bonne moitié. Mais M. Gélis faisait en toute chose autorité. En réponse à tout son bavardage c'était des : « Oh! oui Oh! certainement ». Et les yeux de Jeanne! Je ne les avais jamais vus si grands et si fixes : mais son regard était comme toujours franc, naïf et brave. Gélis lui plaisait; elle admirait Gélis, et ses yeux révélaient ce sentiment, ils l'eussent crié à tout l'univers. — Tout beau! maître Bonnard, en observant votre pupille vous oubliez que vous êtes tuteur. Vous l'êtes de ce matin et cette nouvelle fonction vous impose déjà des devoirs délicats. Vous devez, Bonnard, écarter habilement ce jeune homme, vous devez.... Eh! sais-je ce que je dois faire?....

J'ai pris au hasard un livre sur la tablette la plus proche; je l'ouvre et j'entre avec respect au milieu d'un drame de Sophocle. En vieillissant, je me prends d'amour pour les deux antiquités, et désormais les poètes de la Grèce et de l'Italie sont, dans la cité des livres, à la hauteur de mon bras.

Monsieur et mademoiselle daignent s'inquiéter de moi, maintenant que j'ai tout l'air de ne pas me soucier d'eux. Je crois, en vérité, que mademoiselle Jeanne me demande ce que je lis. Non! certes, je ne vous le dirai pas. Ce que je lis, c'est ce chœur suave et lumineux qui déroule sa belle mélopée au milieu d'une action violente, le chœur des vieillards Thébains « Ἔρως ἀνίκατε... Invincible Amour, ô toi qui fonds sur les riches maisons, qui reposes sur les joues délicates de la jeune fille, qui passes les mers et visites les étables, aucun des immortels ne peut te fuir, ni aucun des hommes qui vivent peu de jours; et qui te possède est en délire ». Et quand j'eus relu ce chant délicieux, la figure d'Antigone m'apparut dans son inaltérable pureté. Quelles images, dieux et déesses qui flottiez dans le plus pur des cieux! Le vieillard aveugle, le roi mendiant qui longtemps erra, conduit par Antigone, a reçu maintenant une sépulture sainte, et sa fille, belle comme les plus belles images que l'âme humaine ait jamais conçues, résiste au tyran et ensevelit pieusement son frère. Elle aime le fils du tyran, et ce fils l'aime. Et tandis qu'elle va au supplice où sa piété l'a conduite, les vieillards chantent :

« Invincible amour, ô toi qui fonds sur les riches maisons, toi qui reposes sur les joues délicates de la jeune fille... »

En vérité, mademoiselle Jeanne, tenez-vous bien à savoir ce que je lis? Je lis, mademoiselle, je lis qu'Antigone ayant enseveli le vieillard aveugle, broda une belle tapisserie sur laquelle se déroulaient de riantes figures.

— Ah! me dit Gélis en riant, ce n'est pas dans le texte.

— C'est une scolie, lui répondis-je.

— Elle est inédite, ajouta-t-il en se levant.

Je ne suis pas un égoïste. Je suis sage; il faut que j'élève cette enfant, elle est trop jeune pour que je la marie. Non! je ne suis pas un égoïste, mais il faut que je la garde quelques années avec moi, avec moi seul. Ne peut-elle attendre ma mort? Soyez tranquille, Antigone, le vieil Œdipe trouvera à temps le lieu saint de sa sépulture.

En attendant, Antigone aide notre gouvernante à éplucher les carottes. Elle dit que cela lui revient comme étant de la sculpture.

Mai.

J'étais ce jour-là d'humeur à travailler et j'avais trempé dans l'encrier le bec de ma plume, quand j'entendis qu'on sonnait.

M. Gélis a changé du tout au tout ses façons d'être avec Jeanne. Il est maintenant aussi grave qu'il était léger, aussi taciturne qu'il était bavard. Jeanne suit cet exemple. Nous sommes dans la phase de la passion contenue. Car, tout vieux que je suis, je ne m'y trompe pas : ces deux enfants s'aiment avec force et durée. Jeanne l'évite maintenant; elle se cache dans sa chambre quand il entre dans la bibliothèque. Mais qu'elle le retrouve bien quand elle est seule ! Seule, elle lui parle chaque soir dans la musique qu'elle joue sur le piano avec un accent rapide et vibrant qui est l'expression nouvelle de son âme nouvelle.

— Mon cher enfant, excusez-moi de ne vous avoir pas reçu tout de suite. J'achevais un travail.

Gélis se lève et se rassied; je sais bien ce qui l'occupe et qui il attend. Le voici qui me parle des quinze cents francs qu'il gagne, auxquels il convient d'ajouter une petite rente de deux mille francs qu'il tient d'héritage. Je ne suis pas dupe de ses confidences. Je sais bien qu'il me fait ses petits comptes afin que je sache qu'il est un homme établi, rangé, casé, renté, pour tout dire : bon à marier. C. q. f. d., comme disent les géomètres.

Il s'est levé et rassis vingt fois. Il se lève une vingt et unième fois et, comme il n'a pas vu Jeanne, il sort désolé.

Sitôt qu'il est parti, Jeanne entre dans la cité des livres. Elle est désolée. Vois ce visage attristé, Bonnard ! Tyran, contemple ton ouvrage. Tu les as tenus séparés, mais ils ont même visage, et tu vois, à l'expression pareille de leurs traits, qu'ils sont malgré toi unis de pensée.

20 septembre.

C'en est fait : ils sont fiancés. Gélis qui est orphelin, comme Jeanne est orpheline, m'a fait faire sa demande par un de ses professeurs, mien collègue, hautement estimé pour sa science et son caractère.

Mais quel messager d'amour, juste ciel! Un ours, non pas ours des Pyrénées, mais ours de cabinet, et cette seconde variété est beaucoup plus féroce que la première.

— A tort ou à raison (à tort, selon moi) Gélis ne tient pas à la dot; il prend votre pupille avec sa chemise. Dites : oui, et l'affaire est faite. Dépêchez-vous, je voudrais vous montrer deux ou trois jetons de Lorraine assez curieux et que vous ne connaissez pas, j'en suis sûr.

C'est littéralement ce qu'il m'a dit. Je lui répondis que je consulterais Jeanne et je n'eus pas un mince plaisir à lui déclarer que ma pupille avait une dot.

La dot, la voilà! C'est ma bibliothèque. Henri et Jeanne sont à mille lieues de s'en douter, et c'est un fait qu'on me croit généralement plus riche que je ne suis. J'ai la mine d'un vieil avare. Voilà certainement une mine bien menteuse, mais qui m'a valu beaucoup de considération. Il n'est sorte de personne que le monde respecte à l'égal d'un riche crasseux.

J'ai consulté Jeanne, mais avais-je besoin d'écouter sa réponse pour l'entendre? C'en est fait! ils sont fiancés.

Il ne va ni à mon caractère ni à ma figure d'épier ces deux jeunes gens pour noter ensuite leurs paroles et leurs gestes. *Noli me tangere.* C'est le mot des belles amours. Je sais mon devoir : il est de respecter le secret de cette âme innocente sur laquelle je veille. Qu'ils s'aiment, ces enfants! Rien de leurs longs épanchements, rien de leurs candides imprudences ne sera retenu sur ce cahier par le vieux tuteur dont l'autorité fut douce et dura si peu!

D'ailleurs, je ne me croise pas les bras et, s'ils ont leurs affaires, j'ai les miennes. Je dresse moi-même le catalogue de ma bibliothèque en vue d'une vente aux enchères. C'est une tâche qui m'afflige et m'amuse à la fois. Je la fais durer, peut-être un peu plus longtemps que de raison, et je feuillette ces exemplaires si familiers à ma pensée, à ma main, à mes yeux, au delà du nécessaire et de l'utile. Mais c'est un adieu, et il fut de tout temps dans la nature de l'homme de prolonger les adieux.

Ce gros volume qui m'a tant servi depuis trente ans, puis-je le quitter sans les égards qu'on doit à un bon serviteur? Et celui-ci, qui m'a réconforté par sa saine doctrine, ne dois-je point le saluer une dernière fois, comme un maître? Mais chaque fois que je rencontre un volume qui m'a induit en erreur, qui m'a affligé par ses fausses dates, lacunes, mensonges et autres pestes de l'archéologue : — Va! lui dis-je avec une joie amère, va! imposteur, traître, faux témoin, fuis loin de moi, *vade retro*, et puisses-tu, indûment couvert d'or, grâce à ta réputation usurpée et à ton bel habit de maroquin, entrer dans la vitrine de quelque agent de change bibliomane, que tu ne pourras séduire comme tu m'as séduit, puisqu'il ne te lira jamais.

Je mettais à part, pour les garder toujours, les livres qui m'ont été donnés en souvenir. J'avais donc une réserve. C'est alors que je connus le crime. Les tentations me venaient pendant la nuit; à l'aube, elles étaient irrésistibles. Alors, tandis que tout dormait encore dans la maison, je me levais et je sortais furtivement de ma chambre.

Puissances de l'ombre, fantômes de la nuit, vous attardant chez moi après le chant du coq, vous me vîtes alors me glisser sur la pointe des pieds dans la cité des livres. J'entrais; je saisissais un volume sur sa tablette, quelque vénérable gothique ou un noble poète de la renaissance, le joyau, le trésor dont j'avais rêvé toute la nuit, je l'emportais et je le coulais au plus profond de l'armoire des ouvrages réservés qui devenait pleine à en crever. C'est horrible à dire : je volais la dot de Jeanne. Et quand le crime était consommé, je me remettais à cataloguer vigoureusement jusqu'à ce que Jeanne vînt me consulter sur quelque détail de toilette ou de trousseau. Je ne comprenais jamais bien de quoi il s'agissait, faute de connaître le vocabulaire actuel de la couture et de la lingerie. Ah ! si une fiancée du XIVe siècle venait par miracle me parler chiffons, à la bonne heure ! je comprendrais son langage. Mais Jeanne n'est pas de mon temps, et je la renvoie à madame de Gabry qui, en ce moment, lui sert de mère.

La nuit vient, la nuit est venue ! Accoudés à la fenêtre, nous regardons la vaste étendue sombre, criblée de pointes de lumière. Jeanne, penchée sur la barre d'appui, tient son front dans sa main et semble attristée. Je l'observe et je me dis en moi-même : Tous les changements, même les plus souhaités, ont leur mélancolie, car ce que nous quittons, c'est une partie de nous-mêmes; il faut mourir à une vie pour entrer dans une autre.

Comme répondant à ma pensée, la jeune fille me dit :

— Mon tuteur, je suis bien heureuse, et pourtant j'ai envie de pleurer !

TABLE

6206 — Coulommiers. — Imp. PAUL BRODARD. — 6-25.
3766-5-25.

www.ingramcontent.com/pod-product-compliance
Ingram Content Group UK Ltd.
Pitfield, Milton Keynes, MK11 3LW, UK
UKHW021543260726
13993UKWH00002B/607

9 782329 200026